Copyright © Rafael Pinedo, 2002
Published in agreement with Interzona Editora

Esta obra foi publicada com apoio do Programa "Sur" de Apoio às Traduções do Ministério das Relações Exteriores e Cultura da República Argentina.

Programa **Sur**

Obra editada en el marco del Programa "Sur" de Apoyo a las Traducciones del Ministerio de Relaciones Exteriores y Culto de la República Argentina.

EDIÇÃO Leonardo Garzaro
ASSISTENTE EDITORIAL André Esteves
ARTE Vinicius Oliveira e Silvia Andrade
TRADUÇÃO Carolina Zweig
REVISÃO E PREPARAÇÃO André Esteves
IMAGENS CAPA Vasco Rossi e Freepik

CONSELHO EDITORIAL
Leonardo Garzaro
Vinicius Oliveira

Dados Internacionais de Catalogação na Publicação (CIP)

P649p
    Pinedo, Rafael
    Plop / Rafael Pinedo; Tradução de Carolina Zweig. – Santo André-SP: Rua do Sabão, 2025
    172 p.; 14 × 21 cm
    ISBN 978-65-5245-016-6
    1. Romance. 2. Literatura argentina. I. Pinedo, Rafael.
    II. Zweig, Carolina (Tradução). III. Título.

CDD Ar863

Índice para catálogo sistemático:
I. Romance : Literatura argentina
Elaborada por Bibliotecária Janaina Ramos – CRB-8/9166

[2025] Todos os direitos desta edição reservados à:
Editora Rua do Sabão
Rua da Fonte, 275, sala 62B - 09040-270 - Santo André, SP.

www.editoraruadosabao.com.br
facebook.com/editoraruadosabao
instagram.com/editoraruadosabao
x.com/edit_ruadosabao
youtube.com/editoraruadosabao
pinterest.com/editorarua
tiktok.com/@editoraruadosabao

PLOP

RAFAEL PINEDO

Traduzido do espanhol por Carolina Zweig

Para Sofía e Max, para quando possam lê-lo.

Bebida é água
Comida é pasto
Você tem sede de quê?
Você tem fome de quê?
— Arnaldo Antunes, Marcelo Fromer e Sérgio Britto

PRÓLOGO

Do fundo do poço, só se vê um pedaço de céu, às vezes cinza, às vezes preto.
Chove. As paredes escorrem e, aos seus pés, vai se formando um caldo de lama que lhe chega até os joelhos.
De repente, se ouvem vozes. Crianças que passam correndo. Gente que faz sexo.
Se é de dia, consegue perceber quando alguém o olha, porque a luz muda ligeiramente ao aparecer uma cabeça pela beirada.
Alguns cospem. Ou jogam coisas. Outros ficam lá um pouco, só olhando.
Nada pode fazer. Tenta responder e jogar um pedregulho em um que o insulta; só consegue que a pedra caia e quase lhe dê na cabeça.
Além disso, logo vêm vários, param ao redor da beirada e descarregam as bexigas sobre ele.
Quando o frio ou a fome lhe permite, tenta pensar em como chegou até ali.
Uma tarde, escuta muitas vozes que se aproximam. Sabe que vai ser executada a sentença.
Não vê as cabeças, mas a mudança de luz lhe indica que todos estão ali, em volta do poço.

Quando vê cair a primeira pá de terra, começam a suceder-se as imagens, com a história recente, com o começo, com o final.

Desde que havia começado seu caminho. Desde que havia se obrigado a não ser mais um, um macaco, um peão, um escravo.

Sabe que irão jogar a terra pouco a pouco, um de cada vez. Se revezarão. É uma honra ser o seu carrasco.

Com cada golpe de sapa, com cada punhado de terra que lhe cai sobre a cabeça, vai lhe aparecendo na mente uma imagem da sua vida.

Assim, até agora, o final.

Todo o esforço é para este momento, para chegar, para poder finalmente morrer.

● NASCIMENTO

Dizem que nasceu quando chegavam em um novo Assentamento.

Que sua mãe, a Cantora, o pariu caminhando, amarrada à borda de uma charrete, meio pendurada, meio arrastada.

A caravana estava formada por um par de charretes puxadas por uns da Brigada de Serviços Dois, um burro e um cavalo. Velhos e magros.

Entre todos eles, ia gente do Grupo.

Naquele então, já estava estabelecido o sistema de brigadas. Inclusive as divisões entre Um e Dois. E o tempo já se media em solstícios, um de verão, um de inverno.

Essa era a forma de sobrevivência que se havia dado no Grupo. Em outros, havia formas sociais de todo tipo. Cada um montava a estrutura que podia. Para sobreviver.

Não pôde descobrir quantos eram no momento em que ele nasceu, mas o Grupo não podia ter mais de cem.

Contam que avistaram uma fortaleza, um Lugar de Escambo, um círculo de estacas de cimento, ferro e madeira, coberto quase totalmente por pedaços de vidro e pregos.

A caravana parou à distância permitida. Há dias que não comiam.

Quando saiu o Dono do Lugar, trocaram cumprimentos: as mãos no peito do outro, os lábios, fechados, nos lábios do outro, e a fórmula:
— Aqui se sobrevive.
— Aqui se sobrevive.
— Tem o quê?
— Vontade de trocar.
— Adiante, adiante, até a porta.
Contam que ali começou o trabalho de parto.

Pela comida, pediram dois animais, seis virgens púberes, pelo menos dois de cada sexo, e dois trabalhadores.

Não tinham tantas virgens.

Começou a barganha. Se discutiu, se gritou, se chorou miséria por ambas as partes. Se ofereceram facas e uma balança.

Se transacionou ao contrário. Receberam uma porção para cada um, dois porcos machos e uma fêmea.

Entregaram o burro e o cavalo, dez facas sem ferrugem, um ferro afiado em forma de lança, três pedras de sílex, duas virgens fêmeas e um tempo com uma mulher e um homem para o Dono do Lugar.

Não havia passado meio dia desde o momento da chegada quando se deu a ordem de partida.

Sua mãe era da Brigada de Recreação Um. Era a Cantora. Sempre havia cantado. Nas refeições noturnas, se contava que ninguém havia entrado tão jovem na Recreação Um. Que não tinha uma voz perfeita, mas que sua alegria era contagiante.

No momento em que o Comissário-Geral deu a ordem de partida, sua mãe se retorcia pelas contrações, amordaçada para não interromper o sono dos outros.

Seus vizinhos a levantaram, amarraram suas mãos à mais alta das charretes e lhe deram uma chicotada nas nádegas quando começou a caminhada. Lhe tiraram a venda da boca.

Os que puxavam a charrete reclamaram do peso adicional; o Secretário da Brigada cruzou a cara do mais próximo com o chicote. Não houve mais queixas.

Contam que lá ia, meio caminhando, meio pendurada, emitindo um som indistinguível, entre lamento e ladainha.

Chovia faz uma semana. A água lavou a imundície que lhe corria pelas pernas quando estourou a bolsa. Ninguém percebeu.

Ia nua da cintura para baixo. Atrás dela, ia a velha Goro, olhando o chão. Como sempre.

Lembra a velha que em um momento lhe pareceu ver um vulto entre as pernas da Cantora. Que não prestou atenção porque ela era da Brigada de Serviços Dois e fazia quase uma lua que não parava de trabalhar.

A alertou um berro, um som surdo, amargo, na poça de lama que tinha adiante.

Se agachou e o levantou. A Cantora não reagiu: só caminhava.

A velha cortou o cordão sem parar de caminhar. Fez um nó em cada parte.

Enfiou o vulto na sua mochila. Sabia que, quando perdessem de vista o Lugar, fariam uma breve parada para que os secretários discutissem o resultado do escambo.

E para sacrificar os Voluntários Dois que haviam voltado logo de seu tempo com o Dono do Lugar.

Era a única maneira de controlar as venéreas que o Grupo conhecia.

Se sobrevivesse até então, a velha decidiria o que fazer com ele; senão, poderia ganhar méritos contribuindo para a comida dos animais.

Sobreviveu.

Conta a velha que ele se segurou ao seio da mãe com as mãos, como um macaco. Que assim, pela velha e pelas suas mãos, se salvou.

Sua mãe, a Cantora, o olhou, balbuciou algo e não falou mais, nem cantou, nem lhe dirigiu outro olhar. Nunca mais.

OS PRIMEIROS ANOS

Não morreu. A velha Goro o colocava no peito de sua mãe — quando se lembrava ou quando o escutava berrar.

Às vezes, ficava lá por muito tempo, comendo tudo que podia.

As chuvas lhe lavaram as urinas e a merda.

A sua mãe foi transferida para o Recreação Dois. Quando alguém queria usá-la, tinham que tirá-lo do peito. Às vezes, o colocavam de volta ao ir embora.

Quando começou a engatinhar, pôde procurar comida: bichos, algum resto deixado pelos outros, algo que a velha Goro lhe trazia.

A catatonia da sua mãe avançava. Deixou de responder aos que a usavam, inclusive às ordens da Secretaria de Brigada.

Ninguém se aproximava dela. Só o Caolho.

Chegou o momento de outra migração, se fez a Assembleia para votar a direção e os integrantes.

Era a lei. Devia-se depurar o grupo para facilitar a viagem. Só iam os que não freavam a caravana.

Todos deviam responder por si mesmos. Se algum não era hábil, por doente, pequeno ou o que fosse, só podia viajar se alguém o apropriasse.

E se, durante o caminho, produzisse incômodos, os dois, apropriado e apropriador, eram reciclados.

No meio do Assentamento, sempre se deixava um espaço vazio, ao que todos chamavam a Praça. O Grupo inteiro se juntava ali, em círculos concêntricos. O Comissário e os secretários no centro, logo os menores para que os vissem e o resto ao redor. Todos deviam estar visíveis.

O Comissário-Geral apontava ao mais próximo, que devia ficar de pé, dizer seu nome e logo "Eu posso". Se era tão pequeno que ainda não tinha nome, devia estar apropriado por alguém.

Fizeram chamada. Quando chegou a vez dele, a velha Goro disse:

— É meu.

Alguém riu. Outra voz, atrás, disse:

— Para usá-lo, velha?

— É meu — repetiu ela.

Quando chegou a vez da sua mãe, ela não respondeu. Alguém olhou para o Caolho, que olhou para o chão.

— Reciclagem ou pira? — disse o Comissário-Geral.

— Vamos votar.

Foi um canavial de mãos para a reciclagem.

A velha Goro o fez abaixar as mãos.

— Você é muito novo para votar.

O levou para ver a operação. A agulha entre as cervicais, o esfolamento, o abate.

Sendo o filho, lhe cabia pedir algo: escolheu um fêmur, para fazer uma flauta. Nunca a fez.

A velha o tratou de estúpido: poderia ter trocado muito melhor os dentes, que estavam completos e ainda em bom estado. Tinham apenas trinta solstícios de uso.

A paisagem

Chove. Sempre.

Às vezes, muito pouco, como água que flutua. Outras, muitas, é uma parede líquida que atinge a cabeça.

Só essa pode ser tomada. Uma vez que caiu, está impura. "Contaminada" é a palavra que usam os velhos.

Caminha-se sobre o barro, entre grandes pilhas de ferros, escombro, plástico, panos apodrecidos e latas enferrujadas.

De vez em quando, as nuvens se abrem um pouco e brilham pedaços de vidros quebrados, nunca maiores que uma unha. Alguns os usam para fazer pontas de facas, mas são frágeis demais.

Um velho tem uma faca de vidro, que usa somente para cortar carne, nunca para a briga. Os demais usam latas ou ferros afiados.

Algo de capim-camalote corta o lixão. Arbustos, nunca mais altos que um homem, com espinhos, com umas folhas minúsculas e pretas.

E cogumelos, que aparecem por todos os lados.

Alguns são comestíveis. Muitos, venenosos. É muito difícil diferenciá-los. Quando há dúvidas, usa-se um Voluntário Dois.

Há os que demoram a matar. Mas esses são os mais fáceis de reconhecer.

A velha Goro nunca hesita. Pior: vai caminhando e, quase sem olhar, arranca um e o come.

Nunca se deve tocar os que crescem sobre ferro, diz. Desconfiar dos de madeira. Preferir os do barro.

Há algumas plantas cujas raízes podem comer. É difícil encontrá-las. A velha afirma que como todo mundo as come, já não se reproduzem.

Os jovens riem: as plantas não decidem, crescem ou não crescem.

Há lugares onde há mais mato que lixo. Mas são perigosos, os animais fazem seus ninhos lá. Geralmente, quem entra não sai.

Entre as montanhas de lixo, há ratos. Insetos. O que mais se encontra são baratas. Desde as bebês até as grandes como a mão de um homem.

Essas mordem, e algumas envenenam. A carne incha e fica azul, como elas. O melhor é cortar, se possível.

Vê-se muita gente com dedos faltando.

Se a mordida é em uma perna ou braço, é difícil se salvar, mesmo se cortar rápido. Porque se morre dessangrado, ou apodrece a ferida.

As aranhas todas mordem, e todas têm veneno.

Entre as pilhas de lixo, se encontra de tudo. A maior parte é ferro e cimento. Mas tem muita madeira também. E plástico. De todos os formatos. E tecido, quase sempre meio apodrecido.

E aparelhos. Que ninguém sabe para que são, ou foram.

A ferrugem cobre todo metal. O fungo, a madeira.

Fazer uma faca é fácil. Só tem que encontrar um ferro do tamanho correto e ter paciência para afiá-lo. Dentes, se chamam.

Às vezes, aparecem facas verdadeiras. Mas a maioria são pequenas e estão muito enferrujadas.

Encontrar uma faca grande, de folha grossa e em bom estado é perigoso. Porque sempre os outros querem roubá-la. E há brigas.

Se não se é muito bom no combate, vale mais entregá-la ao Secretário. Somam-se méritos e sobrevive-se.

Às vezes, muito de vez em quando, para de chover um pouco.

O melhor é fazer-se uma roupa com tecido de plástico. Encontram-se sempre em retalhos. É difícil de costurar. Alguns o colam com fogo, mas são pouquíssimos os que sabem como conseguir que não se desfaça e queime as mãos.

Convém fazer escambo com alguém que saiba; às vezes, é suficiente deixar-se usar.

O chão sempre é plano. Debaixo do lixo, sempre é plano.

A Planície, a chamam. O horizonte está apenas cortado por grandes pilhas de escombros e lixo.

Dizem os viajantes que longe, a mais de trinta dias de caminho, o chão se levanta e tem partes de pedra e não há entulhos nem latas.

Mas ninguém acredita neles.

Ao longe, por onde sai o sol, de noite se vê uma incandescência. Todos sabem que dali não podem se aproximar. Dizem os velhos que é tudo água. Mas são histórias, não existe tanta água junta. A água está no céu e cai o tempo todo. E quando chega ao chão é barro.

Na Planície, há dez ou doze grupos que dão voltas, e gente solta, nunca mais de dois ou três.

Às vezes, os grupos se juntam. Às vezes, gente de um passa para o outro. Às vezes, algum grupo mata a maior parte dos membros de outro. E incorpora o resto.

Cada grupo tem seus costumes, sua organização, seus tabus. Em alguns, como no de Plop, todos falam olhando para baixo. Dão risada com a boca fechada, gritam entre dentes.

Nunca abrem a boca.

A VELHA GORO

Vivia praticamente em silêncio. Ninguém a mencionava muito.

Seu nome era esse, velha Goro. Os mais velhos o diziam com respeito.

Agora, estava em Serviços Dois. Limpava sujeira, varria terra. Era, como toda a Brigada, a serva do Assentamento.

Dizia-se que havia estado acima, que tinha sido Comissária, que tinha tido muitos amantes, que tinha chegado até a mostrar a língua ao Comissário em uma Assembleia e não a tinham castigado.

Tão grande havia sido seu poder.

Parecia ser a mais velha do Assentamento. Uma vez, Plop lhe perguntou quantas migrações tinha visto.

— Não sei, muitas.

Não se sabia muito bem de onde ela tirava a comida, porque raramente jantava com o resto.

Podia ser cruel se fosse necessário. Geralmente, se mantinha em uma simples aspereza.

Contavam que, uma vez, tinha estado vários dias, com suas noites, cuidando de um menino doente cuja mãe havia sido reciclada.

No quarto dia, disse:

— Não se cura — e se pôs a esfolá-lo. Os gritos atraíram gente, que lhe perguntaram por que não o sacrificava primeiro.

— Não me dei conta — respondeu.

● N●ME

Quando chega o solstício de inverno, se faz a Assembleia dos Nomes. A todos os que têm mais ou menos dez solstícios, cinco de verão e cinco de inverno, se lhes dá nome e os destinam definitivamente a uma Brigada, na qual permanecem para sempre. Alguém, caso raro, consegue trocar.

Os idiotas, os fracos ou os muito rebeldes vão parar na Voluntários Dois, para que não durem. Os que têm inimigos, no Recreação Dois; os que contam com um proprietário, ou são adquiridos por alguém importante, podem se livrar dessas brigadas e vão ao Comando ou para o Recreação Um. O resto, a maioria, é alocado em Serviços. Ali estava a velha Goro.

Quando Plop ia completar onze solstícios, fez-se uma Assembleia.

Os nomes são votados. O proprietário e o Comissário-Geral podem sugerir.

Quando chegou sua vez, o Comissário olhou para a velha Goro.

— Plop — disse ela sem hesitar.

— O quê? — disse o Comissário.

— Plop — repetiu.

— Por quê? — perguntou frente ao espanto generalizado.

— É o barulho que fez ao cair na lama quando nasceu — e voltou a olhar para o chão.

A gargalhada ecoou na cabeça dele. Ficou de pé de um salto, olhou para baixo e disse em voz muito alta.

— Me chamo Plop. E pertenço ao Serviço Dois.

●S LUGARES DE ESCAMB●

Perto do Assentamento, havia um Lugar de Escambo.

A velha Goro explicava ao Plop que não havia muitos na Planície.

Um era uma antiga construção que estranhamente não estava ocupada por bichos ou animais selvagens. Haviam colocado vidros quebrados na borda de todas as paredes exteriores para que ninguém as escalasse. A porta era de ferro com arame farpado.

Ninguém sabia como tinham acumulado tantas coisas. Provavelmente trocando, ou roubando.

Mas tinham de tudo. Especialmente comida em latas. Era o único lugar onde havia.

O Dono do Lugar era enorme. Sem cabelo. Com a cara coberta de cicatrizes. Todos o chamavam de o Medo.

Sempre tinha uma faca longa na mão. Facão, o chamava. E o usava por qualquer motivo.

Na entrada, tinha uma pilha de ossos de gente que havia matado.

Outro era um grande poço. Se chegava por uma escada.

De fora, só se viam duas colunas de ferro com uma placa que não dizia nada.

No final da escada, tinha uma grade que podia ser aberta.

Atrás, só havia mulheres, que atendiam as pessoas através dos ferros.

Tinham sido atacadas muitas vezes. Mas elas iam para os fundos e desapareciam por luas inteiras.

Não se entendia como lá dentro não eram comidas pelos bichos ou pelos ratos.

Já fazia muito que ninguém tentava entrar: todos precisavam do Lugar de Escambo.

A velha dizia que também havia outros, mas ninguém mais os conhecia.

● KARIB●M

Na primeira lua cheia depois do solstício de inverno se celebrava o Karibom.

Os velhos se sentavam no centro da Praça. Com alguns tambores, com ferros e baldes, e começavam a bater ritmicamente: ta, ta ta, tatá.

O resto das pessoas caminhava em roda. No ritmo das batidas. Isso podia durar a noite inteira.

Estava proibido brigar ou discutir. Ali estavam todos. As mães com seus filhos, os secretários, as secretárias, o Comissário-Geral e sua mulher, os velhos, os jovens, até os escravos do Voluntários Dois. Se um se cansava, se sentava um pouco na beira do círculo e era cumprimentado pelos que giravam; em seguida, se reincorporava à ciranda.

Alguns se detinham para conversar. Todos falavam com todos. Ao redor, outros brincavam. Era ali onde se cozinhava a política do Grupo.

Os mais jovens aproveitavam para se cortejar. Os casais se formavam e se desfaziam. Brincavam de apertar as nádegas do da frente. A cobrir os olhos por trás e adivinhar quem o fazia.

Se alguém queria seduzir o outro, o costume era se aproximar por trás e o abraçar com força. Um abraço no peito e o outro na entreperna.

Se o abraçado estivesse de acordo com a relação, tinha que se virar e abraçar o aspirante. Nesse caso, se retiravam um pouco para se usar e logo voltavam para a ciranda, juntos pelo resto da noite.

Se não lhe agradasse, o cortejado dava um passo para frente e se desprendia. Era costume agradecer.

Não era bem-visto repeti-lo com várias pessoas. A sedução se usava somente para as relações mais importantes.

Para as histórias mais fugazes, bastava ficar um ao lado do outro e sorrir. O casal formado se tomava pela mão e se ia por um tempo. Ao voltar, cada um seguia sozinho no Karibom. Isso podia se repetir duas ou três vezes em uma noite.

A velha Goro o levou. Enquanto giravam, ia lhe explicando, com frases secas e curtas, os jogos, os rituais, os costumes.

Apontava para as pessoas importantes do Grupo. Cada vez que marcava um, acompanhava a explicação com um tapa na cabeça e dizia:

— Não se esqueça, não se esqueça.

Giraram e giraram por muito tempo, até que se aproximaram outros meninos, sujos como ele, para convidá-lo a brincar.

Vieram com respeito. Não a ele, mas à velha. Não lhe falaram diretamente; olhando para ela, murmuraram:

— Pode vir? Plop pode vir?

— Vai — grunhiu a velha chutando suas canelas.

A INICIAÇÃO

Foram três os que entraram juntos na Brigada de Serviços Dois: a Tini, o Urso e o Plop.
A Tini tinha a mãe na Brigada e sabia quem havia sido o pai.
O Urso era forte e três solstícios maior que os outros dois. Vinha do Recreação Dois. Tinham tirado ele de lá porque, de tanto chorar e chutar quando o usavam, ninguém o queria mais. Se ele não fosse tão forte, teria ido para a agulha ou ao Voluntário Dois.
Plop era magro e pequeno e havia sido apropriado pela velha Goro. Senão, teria terminado no lugar de onde vinha o Urso e teria ficado idiota, como todos os que começavam lá. Ou teriam lhe mandado ao Voluntário Dois, onde não se sobrevivia.
Os três foram iniciados juntos.
Era muito importante. Começavam a ser adultos. A partir desse momento, tinham que respeitar o tabu.
Dois dias durou a cerimônia.
No primeiro dia, tiveram que dar voltas, até que caísse o sol, por todo o Assentamento, nus, carregando pedras, para acostumar-se ao trabalho.

As pessoas do Grupo riam, às vezes adicionavam uma pedra ao saco que levavam nas costas.

No dia seguinte, foram usados sucessivamente. Primeiro pelo Secretário da Brigada, logo pelo Sub. Todos tinham sido usados muitas vezes antes.

O Secretário gostava mais das meninas; por isso, com o Urso e com o Plop foi quase por obrigação, para que soubessem quem era mais macho. Porque como sempre dizia:

— As bolas ficam fora da Brigada, o único que tem bolas aqui sou eu.

Depois, os penduraram pelos braços a tarde inteira, para que se acostumassem aos castigos.

E foi-se juntando gente do Grupo para ver a parte do tabu. Era o que mais os divertia.

Chegou o Secretário de Brigada. Era o encarregado de fazer o compromisso do tabu na iniciação de quem entrava na sua Brigada.

Tinha uma haste de ferro, flexível. Eles, pendurados. Já sabiam o que tinham que fazer.

Uma batida com a cabeça baixa, queixo colado ao peito, e gritavam:

— Nunca vou mostrar a língua!

Paulada.

— Minha saliva fica na minha boca!

Paulada.

— A comida se mastiga, ninguém a olha!

Paulada.

— Se grita não se vê a boca!

Paulada.

— Em boca fechada não entram moscas!

O Urso errou e falou mal a frase. Por isso, o Secretário bateu nele dez vezes, na parte de trás dos joelhos. A cada golpe, as pessoas batiam uma palma.

— A frase final! — urrou o Secretário.

— Boca fechada! Boca fechada! Boca fechada! — responderam os três.

Os desamarraram. Caíram como carne morta. A Tini foi tirada pela Mãe. O Plop pela velha. O Urso saiu sozinho. As marcas lhes duraram três semanas.

A velha Goro ria enquanto o curava.

— Bárbaros, bárbaros — e ria.

A PRIMEIRA TAREFA

O primeiro trabalho que lhes deram foi reciclar alguns mortos que tinham sido atacados por uma matilha.

Logo coube a ele sozinho limpar a latrina do Comissário-Geral. E a da mulher, que sequer se deu o trabalho de esperar que ele saísse do poço para cagar.

Gritou. A insultou.

Ela começou a espernear. Rolava no chão e chutava. Quando se aproximaram os vizinhos, gritou mais forte:

— Indecente! Nojento! Degenerado! Quando me xingou, me mostrou a língua!

Fez-se um grande silêncio ao seu redor. A acusação era grave. Vieram os secretários e o marido, o Comissário-Geral. Imediatamente, fizeram Conselho. A chamaram para declarar. Ela repetiu a acusação.

Plop se ajoelhou e afundou a cara no barro de frente para ela. Alegou que havia se enfurecido, que tinha pensado que a merda que lhe caía era uma piada por sua origem, pelo seu nome, que era jovem, que não havia passado nem uma lua desde sua iniciação, que era novo no tabu.

Ela disse que nem tinha percebido que ele estava no poço e que, além disso, era mulher do Comissário-Geral e cagava sobre quem quisesse.

O Conselho assentiu, aprovando.

Plop pediu desculpas, a um de cada vez, sempre de joelhos, com a cara no chão.

O Comissário-Geral perguntou ao público:

— Alguém acha que ele mostrou a língua de propósito?

Silêncio. Alívio de sua parte.

O castigo foi leve: um dia estacado e limpar as partes da mulher do Comissário-Geral cada vez que ela quisesse, merda ou menstruação, durante um solstício.

Poderia ter sido pior. Poderiam tê-lo esfolado. Mesmo assim, jurou se vingar.

O estacaram.

A Tini e o Urso lhe levaram água, conversaram com ele, o masturbaram, se usaram na frente dele para distraí-lo. Eram seus amigos.

Transcorreram as primeiras luas, o tempo não parecia passar. A mãe da Tini foi promovida à Subcomissária. Comeram melhor.

A mulher do Comissário-Geral tinha se habituado a ele. O chamava, o fazia limpá-la com as mãos, principalmente quando estava menstruando. O tocava até conseguir uma ereção, o usava, logo se agachava em cima, às vezes das genitais, às vezes do peito, às vezes da cara. E esvaziava seu intestino.

Decidiu que tinha que sair do Serviços Dois.

● PRIMEIR● DEGRAU

A esposa do Comissário-Geral começou a pedir com cada vez mais frequência que ele acariciasse os seios dela. Eram como dois gigantescos figos deformados. Escuros, com veias azuis e dois mamilos como tortilhas apontando para o chão.

Ele trocou sua possessão mais valiosa, uma faca quase sem ferrugem, por um potinho com óleo.

O levou e untou suas palmas para tocá-la. Ela enlouqueceu. Contorcia-se no chão enquanto com suas mãos se tocava entre suas pernas.

Fez isso três vezes. Na quarta vez, não levou o frasco. Ela castigou o esquecimento com bofetadas que soavam como aplausos.

Fingindo medo e dor, ele propôs solucioná-lo. Caso ela fechasse os olhos, ele poderia resolver o problema na hora, mas com a condição de que ela fechasse os olhos. Ela o fez. Ele umedeceu os dedos com saliva e passou-os sobre os mamilos dela.

Somente depois dos orgasmos, lhe perguntou como o havia feito.

— Não posso dizer — murmurou, olhando para baixo.

Entendeu. O forçou a olhá-la na cara, em que Plop viu uma combinação de horror e prazer.

— Quero outra vez — disse ela.

— Nunca, não quero que me esfolem.

— Não contamos para ninguém.

— Eu não acredito em você — argumentou Plop.

— Por favor, por favor.

Quando gemia, ficava ainda mais feia.

— Só dessa vez — ele mentiu.

Começou a dosar as carícias de modo que se desesperasse. Sugeriu amarrar suas mãos e lhe vendar os olhos. Ela adorava esses jogos.

Um dia, em meio a espasmos de prazer, Plop fingiu que caía sobre ela. Sua boca se encontrou com um de seus seios. Mordeu. Ela jurou que nunca havia sentido algo igual.

Pediu-lhe que passasse a boca, a língua.

Plop respondeu que ela tinha que lhe dar algo em troca.

— O quê? — perguntou.

— Prazer — respondeu, sabendo que ela teria dito sim a qualquer coisa.

Pediu-lhe que o vendasse, amarrasse, cortasse, que o obrigasse, assim ele gozava.

Demorou vários dias para se deixar convencer de voltar a chupá-la. Enquanto isso, ela bateu nele, lhe fez cortes no peito, o queimou. Tudo enquanto ele se masturbava.

Plop tinha o corpo cheio de marcas e ela continuava pedindo que a chupasse.

Decidiram fazê-lo outra vez no dia seguinte, na pilha de entulho atrás da sua cabana. Pediu-lhe, como brincadeira, que o levasse acorrentado desde o banheiro.

Amarrou-lhe as mãos pela frente, ao redor de seu membro. O esfregou até que tivesse uma ereção. O vendou. Bateu nele. Ele soltava gemidos abafados.

Saíram caminhando, ela atrás dele, apoiando uma faca em sua garganta. Chegaram ao local. Sem tirar a lâmina do pescoço dele, ela se sentou em um tronco e fez com que ele se ajoelhasse de frente para ela.

Assim que Plop colocou a boca entre suas pernas, saíram de onde estavam escondidos a mãe de Tini e os secretários de Serviços e Recreação, junto com o Urso, que os havia levado.

O julgamento foi curto. Ficou claro que a denúncia anterior contra ele havia sido falsa, que ela era uma pervertida e uma desviada sexual. Que o Plop tinha sido obrigado, as feridas comprovavam.

O esfolamento, dada a gravidade do delito, foi sem agulha prévia. A ele, coube a honra de arrancar as primeiras tiras. Começou pelos seios.

O marido não podia desconhecer isso. Foi declarado cúmplice. O transferiram de Comissário-Geral para os Voluntários Dois. O designaram para servir de isca para caçar cachorros selvagens. Na primeira semana, perdeu uma perna e a bochecha direita. Na segunda, morreu.

O Secretário de Serviços foi nomeado Comissário-Geral. A mãe de Tini, Secretária de Serviços.

Deixou que Plop a usasse naquela noite. E que dormisse sob seu teto.

A velha Goro não falou com ele por duas luas.

PREPARAÇÃO DA CAÇA

Os exploradores do Voluntários Um voltaram dizendo que haviam encontrado um Lugar de Caça.

Todos foram recrutados imediatamente. Foram nomeados chefes de Célula e os mandaram buscar panos, o mais longe possível para que os grupos próximos não descobrissem que havia comida para caçar.

Na Célula de Plop, eram cinco. A Tini estava com ele. Também levavam um par de Voluntários Dois como material de escambo.

Um era jovem e um pouco retardado, mas forte, por isso não haviam o reciclado. Era muito pacífico, exceto uma vez em que quiseram usá-lo. Enfureceu-se e matou o assistente de Carpinteiro de Serviço Dois que havia lhe agarrado.

Se não se sabia de sua mania violenta, era muito valioso e podiam conseguir muitos panos por ele.

O outro era um velho com uma perna quebrada, que mal conseguia andar. Provavelmente, o ofereceriam como alimento para os porcos ou algo assim.

Caminharam um dia e meio, quase sem comer. A paisagem era sempre a mesma: lama, ferro retorcido, entulho, lixo, algum arbusto.

O avanço era lento, apesar dos insultos do líder da célula, que queria receber méritos. O resto não queria morrer por uma ferida gangrenada.

Chegaram a um grupo em que a maioria era mulheres.

Era a primeira vez que Plop se aventurava tão longe; olhava tudo impressionado. Eram como eles, mas diferentes. Vestiam-se de forma diferente, não faziam casebres com chapas de metal ou plástico como o Grupo de Plop. Montavam umas tendas cônicas, costuradas. Os toldos, as chamavam.

Ao redor, como todos os grupos, um círculo de arbustos com espinhos, provavelmente com pontas pontiagudas no seu interior.

Só se viam dez ou doze toldos. As mulheres não podiam ser muitas. Nenhum homem à vista.

Não podiam lhes dizer para que precisavam de panos porque, no melhor dos casos, os seguiriam para roubar-lhes a caça.

O combinado era contar que precisavam de roupas, que o bruxo os havia obrigado a se cobrir completamente para evitar que os meninos continuassem nascendo bobos.

Essas coisas aconteciam em alguns grupos. No grupo de Plop, havia um, embora fosse uma figura decorativa que competia com o curandeiro, ambos uns inúteis.

Mas essa história justificava a troca de algo valioso como um idiota forte e jovem.

Antes de começar a negociação, se aproximaram mulheres para usá-los, aos homens somente. Ordenaram que se despissem completamente. Inclusive o velho e o retardado.

Todos pensaram o mesmo: o que aconteceria quando se aproximassem do idiota. Corriam o risco de que se enfurecesse e todos pagassem por sua loucura.

A Tini e a outra mulher da Célula, sob o pretexto de juntar e ajeitar as roupas, pegaram discretamente as facas.

Cada um foi escolhido por uma mulher. Coube a Plop uma gorda grandona com peitos muito pequenos que a faziam parecer deformada. Ele não podia prestar-lhe atenção porque tentava observar o que acontecia com o idiota. Devia acontecer a todos mais ou menos o mesmo.

Os levaram para trás de alguns toldos. Parecia que não gostavam de fazê-lo em público. Plop estava mais atento aos gritos que começava a ouvir do que às apalpadas da gorda.

Não aconteceu nada. Dava para ver que o idiota gostava de ser usado por uma mulher. Era evidente que nunca havia experimentado.

Depois negociaram por um longo tempo.

Em algum momento, Plop pensou seriamente em ficar naquele grupo, dada a quantidade de mulheres. Mas quando teve que voltar a pedir-lhes algo para amarrar os panos, viu homens amarrados a postes pelo pescoço e isso o dissuadiu. Não se atreveu a perguntar se era castigo ou costume.

Tiveram que improvisar macas para carregar a quantidade de roupas que receberam. As mulheres do grupo deviam pensar que eram imbecis, já que aceitavam qualquer coisa.

A primeira coisa que fizeram quando saíram foi jurar que não iriam contar que haviam sido usados. Plop confiava na Tini; a outra foi ameaçada de ser esfolada, por eles ou por amigos, se contasse.

Ambas aceitaram. As venéreas não eram muitas.

O retorno foi duro porque a carga era muita.

Ao voltar, encontraram uma montanha de tecido no centro do Assentamento e foram designados, como todos, para a fabricação de roupas de proteção.

O mais difícil eram os capuzes. Deviam permitir a visão, mas cuidar dos olhos o máximo possível.

Alguns, com mais experiência, já estavam fabricando protetores de arame para vestir como viseira.

Toda faca, picareta, cassetete ou ferro que servisse para bater havia sido confiscado e redistribuído para a caçada.

No quarto dia, estavam preparados.

A CAÇA

No Assentamento, só ficaram um segurança e os inúteis. Os demais foram ao Lugar de Caça.

Os secretários os organizaram em grupos de dez, com uma pessoa responsável que tinha a obrigação de levá-los juntos e em silêncio absoluto. Todos tinham os pés embrulhados com farrapos.

Caminharam por muito tempo. Não se encontraram com ninguém.

Chegaram ao Lugar.

Eram ruínas, cercadas por matos com espinhos, alguns tão altos quanto uma pessoa.

De longe, eles podiam ver algumas paredes, vigas, portas, janelas, vazias como olhos de caveira. Tudo coberto de musgo, fungos e trepadeiras de folhas pretas.

No centro, havia uma construção circular um pouco mais alta, mas Plop sabia que eles nunca conseguiriam chegar lá.

Os organizaram, em absoluto silêncio, em três círculos.

No primeiro, iam os caçadores profissionais, os de maior experiência, os do Voluntários Um e os que haviam estado em outras caçadas. Tinham paus e facas amarrados em varas.

À frente de grupos de quatro ou cinco deles, ia caminhando um Voluntário Dois. Com as mãos amarradas e pés presos para que não pudesse correr.

No segundo círculo, estavam os jovens e alguns velhos ainda ágeis. Com sacos, paus e o resto das facas. Ali estava Plop.

No terceiro, os meninos e os velhos mais inúteis. Com sacos e alguns paus que haviam conseguido recolher.

Avançaram.

Ao entrar na mata, escutaram os primeiros miados, e os gatos começaram a atacar os Voluntários Dois.

Antes que conseguissem despedaçá-los, foram destruídos pela primeira linha de caçadores.

Os jogavam para trás, onde os matavam novamente se precisasse.

Os Voluntários Dois duraram pouco. Mas, naquele momento, o primeiro círculo era bem fechado e os gatos só podiam escapar passando por cima.

Para isso, servia o segundo círculo. Os espancavam e os deixavam para o terceiro círculo, que devia carregá-los em sacos.

Alguns gatos não estavam tão capengas e se defendiam. Tentavam escapar, atacavam os que estavam atrás, os mais fracos e menos protegidos.

Ouviam-se gritos.

De vez em quando, alguém do primeiro círculo caía coberto de animais.

Seus colegas o cercavam; batiam e esfaqueavam o que podiam. Geralmente, o caído não sobrevivia, mas deixava muita caça pronta para levar.

À medida que avançavam, aumentava a quantidade de bichos que escapavam do primeiro círculo.

Era trabalho para o segundo círculo, mais para que não os atacassem do que para encher os sacos.

Se algum caísse, deviam deixá-lo. Os do terceiro círculo, se pudessem, lhe tiravam os gatos de cima.

Todos gritavam e batiam, frenéticos, eufóricos. O sangue encharcava as vestes de farrapos.

Nunca chegaram a entrar no prédio. Retiraram-se com duzentos e trinta e cinco cadáveres de gatos, doze membros do Grupo, seis caolhos, dois cegos e vários dedos perdidos.

Se conseguissem sal, teriam comida por um bom tempo. Além dos casacos com as peles.

Plop ficou com uma cicatriz na bochecha que nunca desapareceria. A Tini lhe disse que o fazia mais homem.

A FESTA

Dez noites após o solstício de verão, se fazia a Festa. Ninguém nunca disse o que se comemorava.

Era próximo ao fim do calendário. Bebia-se álcool e fazia-se uma refeição coletiva. Era a única vez que todos comiam a mesma coisa. Era a única vez que era possível ver o outro comer. Mas sempre com a boca fechada.

No resto do tempo, cada um o fazia sozinho ou em grupos de dois ou três. Sempre olhando para baixo.

Também se mastigava uns cogumelos que faziam sonhar acordado. Os mais velhos ou os mais importantes podiam fazê-lo desde o início. Os demais tinham de fazê-lo no final, antes da cerimônia do Vale Tudo, em que cada um fazia o que quisesse, como e com quem quisesse.

Alguns, os mais fracos, os que tinham donos ou os Voluntários Dois, não faziam nada, exceto, como sempre, serem usados, mas assim eram as regras.

As únicas coisas que estavam proibidas, como sempre, era lamber, chupar, usar a boca no outro.

Desde o início da comemoração, Plop comeu tudo o que pôde. Juntou-se aos colegas da Brigada. Batiam-se e brincavam de correr e derrubar uns aos outros: o *tacle*, o chamavam.

Fez sexo com uma colega da Brigada; no meio do caminho, se juntou outro, e os três se usaram. Depois de um tempo, ele começou a ficar entediado e os deixou.

Caminhou sem rumo pelo acampamento, até que viu a velha Goro sentada perto de uma panela com bebida.

Aproximou-se e, como de costume, abaixou a cabeça para que ela pudesse colocar a mão.

Embora a velha Goro fosse formalmente sua proprietária, nunca havia exercido muito seus direitos sobre ele. Às vezes o ignorava, de repente o procurava e lhe dava uma ordem absurda, raramente lhe respondia ao cumprimento apoiando a palma da mão na sua nuca.

Nunca o usou.

Esta vez, o olhou por um instante, apoiou as duas mãos em sua cabeça e o empurrou violentamente para baixo, fazendo-o cair de cara no chão.

— Selvagem, selvagem — repetia enquanto o levantava, tirava a lama de seu nariz e o fazia apoiar a cabeça em seu ombro.

Plop estava desconcertado com esse último gesto. Percebeu que ela estava muito bêbada.

— Pequeno, pequenininho, moleque de merda — murmurava em ladainha. — Não, não é assim. A vida não é assim. Não é. Não era. Eu sei. Eu sei.

Levantou-se de repente, tanto que Plop voltou a cair no chão. Com uma voz clara, que ele nunca tinha ouvido dela, disse:

— Vou ler.

Um silêncio se fez ao seu redor. Todos que estavam ali, exceto Plop e um outro homem muito jovem, se detiveram e a olharam transtornados.

— Ela vai ler. Ela vai ler — correu a voz.

Plop não entendia por que todos estavam ficando tão sérios; era uma festa.

Seu espanto foi completo quando viu chegarem correndo os secretários da Brigada e o Comissário-Geral.

A velha ainda continuava parada. Imóvel. De vez em quando, repetia:

— Vou ler.

O grupo inteiro devia estar lá, formando um círculo ao redor da velha. E de Plop, que estava ao seu lado.

Tinha a sensação de que aconteceria algo muito importante.

A velha enfiou a mão entre os peitos e tirou um envelope de couro que levava pendurado no pescoço. De lá, extraiu umas folhas de papel; Plop nunca tinha visto tantas juntas e inteiras.

Com uma voz que ele nunca tinha ouvido dela antes, sonora, clara, começou a ler:

Há dez ou quinze bilhões de anos, o Universo estava cheio, embora não houvesse galáxias nem estrelas nem átomos. Nem mesmo núcleos de átomos.

Havia apenas partículas de matéria e antimatéria.

E luz, preenchendo o espaço de maneira uniforme. Embora ainda não existisse o espaço, tampouco existia o tempo.

O Universo devia estar a, pelo menos, um trilhão de graus. A essa temperatura, as partículas de matéria e antimatéria se transformavam continuamente em luz e, a partir da luz, eram criadas novamente. Enquanto isso, todas essas partículas estavam escapando, afastando-se umas das outras, tal como a galáxia o faz agora.

A velha fez uma pausa e olhou ao redor. Plop não entendia uma palavra, mas, como todos os outros, tinha os olhos fixos nela, que continuou lendo:

Essa expansão causou um resfriamento vertiginoso. Ao final de poucos segundos, a temperatura da matéria, antimatéria e luz havia caído para cerca de dez bilhões de graus, e a luz não tinha mais energia suficiente para se transformar em matéria e antimatéria.

Então, todas as partículas de matéria e antimatéria começaram a se aniquilar, a destruir umas às outras.

Mas, não sabemos por que, havia partículas de matéria — elétrons, prótons e nêutrons — que não encontraram partículas de antimatéria com as quais se aniquilar e, portanto, sobreviveram à grande extinção.

Depois de outros três minutos de expansão, a matéria restante esfriou o suficiente — apenas um bilhão de graus — para que os prótons e nêutrons fossem aprisionados e formassem os núcleos dos elementos mais leves: hidrogênio, hélio e lítio.

Mas nos trezentos mil anos seguintes, a matéria e a luz em expansão permaneceram quentes o suficiente para impedir que os elétrons e os núcleos se unissem para formar átomos. Estrelas e galáxias ainda não podiam começar a se formar porque a luz exercia tanta pressão sobre os elétrons livres que qualquer aglomerado de elétrons e núcleos era dispersado antes que sua gravidade começasse a atrair mais matéria.

Somente quando a temperatura caiu para cerca de três mil graus é que a maioria dos elétrons e núcleos se uniu em átomos. Isso é o que chamamos de Recombinação.

Até o momento da Recombinação, os elétrons e os núcleos nunca haviam formado átomos.

Plop se entediava. Olhou para as pessoas ao seu redor. Estavam em transe, com os olhos fixos na velha. Não entendia o que estava lhes acontecendo. A velha parecia ter uma altura muito maior que o normal e a sua voz ecoava dentro da cabeça.

Após a Recombinação, a gravidade começou a desenhar a matéria nas galáxias e, em seguida, também nas estrelas. Ali, se cozinharam os elementos mais pesados, como o ferro e o oxigênio, com os quais, faz milhões de anos, foi criada a nossa Terra.

Essa é a história do começo do nosso Universo, e se chama Big Bang. Foi uma explosão que abrangeu todo o Universo que podemos ver, e foi há dez ou quinze milhões de anos, tão distante no tempo quanto podemos rastrear na história do nosso Universo, e continuará pelos milhões de anos que vêm, e talvez para sempre.

Para sempre.

Para sempre.

Todos, menos Plop, caíram de joelhos diante da velha. Ela tinha na cara uma expressão que poderia ser um sorriso.

O olhou.

Ele não sabia o que fazer, não sabia se estava certo ou errado que não tivesse caído em êxtase como o resto.

A velha gritou "Vale Tudo!" e todos correram para usar quem estivesse ao seu lado, sem nem sequer prestar atenção em quem era.

A velha sorriu:

— Bestas!

Plop foi sozinho para a borda do assentamento.

Para pensar.

● ALBINO ●

Tinham saído para buscar algo para comer. Estavam voltando de mãos vazias quando viram que o vigia acenava para eles. Correram.

— Um albino! Nasceu um albino! — gritava.

Sem parar de correr, a Tini e o Urso seguiram para um lado, Plop para o outro. Cada um começou a procurar pedaços de madeira; depois, continuaram correndo para onde todo o Grupo estava amontoado. Chegaram quase juntos.

Juntaram-se ao atônito e calado círculo de pessoas.

De um lado, estavam terminando um poço tão largo quanto um homem deitado e com dois metros de profundidade. Jogaram ali as madeiras que haviam trazido.

Do outro lado, estava a mãe do albino, deitada no chão, ainda se recuperando do parto.

Ao lado dela, estava a mulher que havia lhe ajudado. Chorava e olhava para suas mãos.

No meio, o recém-nascido. Era uma minhoca branca.

Plop o olhava fixamente. Sabia que existiam, conhecia o tabu, mas nunca o havia imaginado tão branco.

Lembrou-se de uma história antiga sobre um grupo que havia aparecido uma vez. Pessoas pálidas, com cabelos amarelos.

Sempre tinha pensado que eles seriam como as palmas de suas mãos, mais brancos do que o resto. Agora imaginou um grupo de adultos dessa cor. Sentiu nojo.

A história dizia que eles não tinham permissão para passar. Que foram mortos. Com ferros longos, com facões, sem tocar neles.

Voltou a olhar para a coisa que havia nascido. Tinha sangue.

A placenta havia caído quase em cima dele e agora jorrava ao lado.

Ele chorava. Ninguém o tocava, mas os olhares estavam fixos nele.

O barulho da chuva que caía e o grito do albino eram os únicos sons que ouviam.

Depois de um gesto do Secretário de Serviços, dois homens e uma mulher com pás de madeira se aproximaram.

A mãe levantou o olhar. Observava como se estivesse muito longe.

Um deles ergueu com a pá aquela lombriga pálida que berrava. Os outros dois, os pedaços de placenta. Levaram tudo até o poço com madeiras. Deixaram ali também aquelas pás e pegaram outras.

Então, recolheram toda a terra que havia ficado manchada e a colocaram na pira. As pás também.

Gordura animal para favorecer a combustão. Acenderam o fogo. Houve um grito alto, uma tossezinha e silêncio.

A mãe e a parteira olhavam. Sabiam o que viria a seguir. Adicionariam madeira até que fosse toda consumida. Ninguém poderia pisar ali até que a marca no chão desaparecesse completamente.

Ninguém nunca mais tocaria nessas duas mulheres, de nenhuma maneira, jamais. Elas haviam se tornado tabu. Poderia haver contágio de filhos albinos.

Nos seus olhares, dava para ver que elas se perguntavam o que fazer. Muitas iam embora. Outras ficavam como párias.

A TINI DANÇA

Andavam juntos. Buscavam sua comida. Às vezes, algum gato. Muitas outras, ratos ou insetos. Sempre cogumelos, que Plop conhecia. A velha lhe havia ensinado.

No geral, conseguiam um pouco de gordura, roubada por Plop ou trocada, nunca dizia em troca do quê.

À noite, se juntavam em algum canto tranquilo do Assentamento. Cozinhavam. Davam risada.

O Urso acendia o fogo melhor que todo mundo, mas queimava a comida. Plop o fazia bem, mas sempre tentava se livrar disso.

A Tini não era nada especial, mas também tentava fugir da tarefa. Discutiam por isso. O Urso propunha uma luta para decidir e Plop, uma corrida. A Tini não propunha nada e ria.

Depois, cada um cozinhava um pouco. Entre piadas. Quando comiam, o jogo era "Eu vi sua língua". Dito em voz baixa.

As gargalhadas sempre interrompiam. Deviam se virar e se jogar no chão de bruços para poder rir sem mostrar a comida ou a língua.

Às vezes, aparecia algum velho que os olhava com expressão de repreensão. Alguns lhes diziam algo do tipo "quando se come, não se olha" ou "comer não é se divertir, é sobreviver", ou algum outro ditado.

Em muitas oportunidades, mas especialmente nas que conseguiam um pouco de álcool, quando estavam deitados no chão depois de comer, a Tini se levantava devagar e ficava parada de frente para eles.

O Urso e Plop se sentavam, sorridentes, sabendo o que estava por vir. Começavam, muito suavemente, a marcar o ritmo: Ta, ta ta ta ta, tatá.

A Tini fechava os olhos, séria e quieta, e deixava que o som fosse entrando no corpo.

Ao cabo de alguns instantes, assentia com a cabeça. Era o sinal para que parassem de marcar o ritmo, se quisessem.

E começava a se mexer bem devagar. Podia começar por uma mão, ou um pé, a pélvis, ou o cabelo.

Lentamente, incorporava o resto do corpo.

Dependendo de fatores que só ela conhecia, a dança era tranquila ou frenética, alegre ou decididamente erótica.

Mas para Plop e para o Urso, sempre lhes causava um estado de imobilidade. A olhavam com todo o corpo. Às vezes, um deles tinha uma ereção.

Mas não interromperiam a dança por nada no mundo. O sexo não valia perder a visão da Tini se movendo, tremendo, saltando, subindo e descendo. Modificando seu rosto em personagens, formas, animais, expressando alegria, ódio, tristeza, desejo, êxtase.

Até que tudo acabava.

Poderia ser de uma vez, colapsando. Ou bem devagar, reduzindo o movimento até ficar imóvel.

Mas depois sempre adormecia. Plop e o Urso levantavam-na, levavam-na para seu canto, protegiam-na da chuva e a deixavam dormir.

Plop muitas vezes gostaria de tê-la usado nesses momentos. Nunca se atreveu a interromper seu estado ou seu sono.

Não porque achasse que ela ficaria brava. Mas porque a sentia distante, em outro mundo, intocável.

OS ESQUISITOS

Plop cavava uma vala quando os viu chegar. Eram três.

Levavam um dos melhores vigias do Voluntários Um. O menino ia na frente, carregando algo parecido com uma besta. Foi o primeiro que lhe chamou a atenção. Soube o que era pelas descrições dos velhos e porque uma vez um caçador livre havia passado por ali com algo parecido.

O vigia ia com as mãos amarradas atrás das costas, agachado, e as duas mulheres apoiavam as facas em sua garganta.

Todos, exceto o prisioneiro, olhavam em volta, desafiantes. Plop largou a madeira que estava usando como pá e os seguiu. Outros membros do Grupo foram se somando.

O homem não era alto, era robusto. Tinha o cabelo amarrado em uma trança, como Plop só havia visto nos desenhos do papel da velha Goro.

A mulher era de uma idade similar à do outro. Também tinha o cabelo longo, ao contrário das mulheres do Grupo, que o deixavam quase raspado, por causa dos piolhos.

A menor poderia ter entre vinte e vinte e cinco solstícios. Ia vestida com calças curtas de couro. O cabelo preto brilhante o atraiu como uma luz. Ela o olhou com ferocidade.

Quando ele lhe sorriu, divertido, pôde detectar um instante de desconcerto em seus olhos. Se recompôs e baixou a vista.

Plop não deixou de observá-la até que chegaram ao centro do Assentamento. Já formavam um cortejo do qual participava a metade das pessoas.

A notícia havia corrido e o Comissário-Geral estava os esperando com alguns secretários de brigada.

Havia um silêncio total. Passou um longo tempo.

O homem falou:

— Não queremos machucar esse infeliz — disse, referindo-se ao vigia. — Queremos nos unir ao Grupo. Sou armeiro. Fabricamos armas. Eles são minha família, são meus ajudantes.

A menção à família deixou todo mundo chocado. Era um conceito novo para os jovens e muito em desuso para os demais.

— Posso provar que minhas armas são boas.

— Vão em frente — disse o Comissário.

As mulheres soltaram sua presa, chutando-a para longe. Imediatamente, em uma manobra bem ensaiada, montaram dois arcos e se colocaram de cada lado do homem, com as cordas tensas apontando para os lados.

O homem olhou ao redor em busca de um alvo e apontou para uma bexiga cheia de água pendurada em um pau. O Comissário assentiu.

Disparou a besta e, ao olhar para ver se tinha acertado, todos viram chegar outra flecha e outra.

Quando voltaram a virar as cabeças, estavam os três na mesma posição, as duas mulheres imóveis.

— Posso atirar até três flechas seguidas — disse o homem enquanto carregava a arma com mais três hastes. — E podemos treinar arqueiros.

Quando disse isso, a menor das mulheres se virou e disparou quase sem mirar. A flecha acertou entre as outras. Plop pensou que nunca tinha visto uma mulher tão maravilhosa.

— Que haja paz — disse o Comissário. — São aceitos. Todos os secretários da Brigada assentiram.

Os chamaram de os Esquisitos. Eles nunca disseram seus nomes. Aceitaram que o Grupo os chamasse de Esquisito, Esquisita e Esquisitinha.

● BURRO

Foi a velha Goro que o descobriu.

Vinha com o que era evidentemente o resto de um grupo: quatro mulheres, dois homens.

E o burro.

A velha Goro voltou rápido e avisou os guardas. Eles acordaram os chefes da Brigada, que montaram células com os que lutavam melhor.

Tudo se fez em silêncio. A maior parte das pessoas dormia. Plop era jovem demais para que o convocassem. Acordou e percebeu que algo acontecia.

Os seguiu sem fazer barulho.

Sabia que, se o descobrissem, iam estacá-lo quase até morrer. Mas a curiosidade foi maior.

Os atacaram por trás e pelos lados.

Gritaram bastante. Mas durou pouco.

Um dos homens jazia com a cabeça partida. Uma mulher tinha uma estaca cravada em seu estômago; a ponta saía pelas costas.

O resto estava jogado de bruços com dois guardas em cima.

O Secretário de Voluntários lhes disse que guardassem o homem que havia restado porque havia poucos.

Das três mulheres que conseguiam caminhar, uma tinha um braço quebrado e a outra era bastante velha.

A que restou teve uma escolha. Uniu-se ao Grupo.

Os demais, incluindo os cadáveres, serviram de alimento para os porcos.

Naquela noite, houve festa ao redor do burro.

AS FORMAS

Quando a data chegou, fez-se outro Karibom.

Os Esquisitos participavam à sua própria maneira. Como no restante da vida do Grupo. Conversavam com todos, iam sempre juntos.

Já ninguém propunha usá-los. Cada um, separadamente, acabou socando os que haviam ido além de uma sugestão.

E eram temíveis na luta. Até a menor.

Plop foi se aproximando da Esquisitinha, devagar. Aproveitou um momento em que o homem discutia sobre a melhor maneira de caçar cachorros e a mulher ria com outras.

Andou por perto, fingindo estar distraído. Não sabia como começar a conversa e isso o deixava nervoso e de mau humor.

Poucas vezes lhe acontecia, mas sabia que acabaria dizendo ou fazendo algo que faria com que se sentisse um imbecil depois.

O pretexto lhe foi dado por um que se aproximou para convidá-lo a jogar Formas; disse que faltavam dois.

Ele se virou e a convidou. Ela ficou surpresa e olhou para os outros Esquisitos, que estavam cada um na sua.

Com um gesto, chamou a atenção do homem. Fez-lhe um sinal com a mão que ele interpretou e respondeu assentindo com a cabeça.

Plop a pegou pela mão. A sentia tensa.

O jogo acontecia ao lado da ciranda do Karibom. Com a chegada deles, completaram-se as três duplas mínimas necessárias.

— Não sei jogar, mas se for usar-se, vou embora – esclareceu Esquisitinha.

— Tem que se tocar, mas não desse jeito — disse Plop. — Comecem vocês e ela vai aprendendo — esclareceu aos outros, enquanto explicava que o costume era montar a figura sem falar antes e nomeá-la assim que fosse construída. Em geral, se permitiam um ou dois movimentos antes de consolidá-las.

Entre as outras pessoas, havia uma dupla que sempre jogava junta, por isso era difícil ganhar deles, mas não podiam repetir figuras que haviam feito em outros jogos.

A outra dupla, dois homens, tinha a vantagem de que, como um era muito grande e o outro muito pequeno, podiam aproveitar o espaço de uma maneira diferente.

Quando chegou a vez de Plop e da Esquisitinha, os outros estavam ganhando com uma figura que chamaram de "o pássaro": o pequeno ficou em pé sobre as coxas do maior, mas de costas para ele, que o agarrou pela cintura e se inclinou para trás para manter o equilíbrio. O menor abria os braços e os balançava como se voasse.

Todos concordaram que a figura, além de ser bonita, era muito difícil de conseguir sem coordenação prévia.

Plop se levantou. Esquisitinha de frente para ele. Antes que ele pudesse perceber, ela havia saltado, envolvendo a garganta de Plop com suas pernas, e se arqueado para trás até apoiar seus braços no chão, forçando-o a se agachar até formarem um arco.

Assim que pôde reagir, abriu os braços e gritou "a ponte", enquanto resistia à tentação de quebrar o tabu e mordê-la suavemente entre as pernas.

Ouviram-se aplausos e começaram a discutir. No fim, lhes deram a vitória, considerando que era a primeira vez que ela jogava.

Depois, ela foi embora correndo e dando adeus com a mão.

Plop se sentiu bobo, mas não sabia por quê. Voltou para o Karibom, apesar de que, durante o resto da noite, não quis falar com ninguém.

AS AULAS

A velha Goro foi buscá-lo um dia à tarde.
— Vem, idiota.
Ele foi sorrindo. Os demais se despediram dele com gargalhadas. Estavam acostumados com a velha e ninguém teria ousado zombar de Plop por causa disso. Pelo contrário, o admiravam um pouco, porque estava claro que, daquela maneira brusca, a velha cuidava dele.
— Hoje, depois de comer, me busque e venha calado. Sem falar com ninguém.
Plop não precisou de mais instruções.
Quando já havia anoitecido, foi até a pilha de farrapos onde ela dormia e a encontrou sentada, esperando-o. Sem dizer-lhe uma palavra, ela se levantou e começou a caminhar. Ele a seguiu. Se espantou um pouco quando apontou para fora do Assentamento.
O que estava de vigia os deixou passar. Era normal que a velha entrasse e saísse. Procurava ervas daninhas, deambulava. Não se sabia como, mas nunca acontecia nada com ela, mesmo andando sozinha.

Até os secretários a mandavam negociar ou investigar coisas com outros grupos. E ela ia e, o que era mais estranho, voltava.

A noite era escura. A velha caminhava e caminhava. Plop começou a se assustar. Não tinha nem uma faca. Agachou-se e pegou um pedaço de pau.

— Solta isso, bicha de merda — latiu a velha. Obedeceu sem hesitar.

Caminharam por um tempo e chegaram a um lugar com pilhas e pilhas de lixo e ferros retorcidos.

Entre elas, se formava uma clareira, na qual se via uma incandescência: três fogueiras rodeadas por gente de cócoras.

Plop se levantou, na defensiva.

— Continue, idiota.

Plop seguiu.

A velha se aproximou de um grupo, que se calou ao vê-los.

— Aluno novo — disse a velha. Deixou-o e foi para a fogueira mais distante.

— Sente-se, fique à vontade — disse um velho barrigudo.

Olhou para eles. Não conhecia nenhum, não eram do Grupo. Se não fosse pelo fato de que conseguia ver a velha Goro lá longe, teria saído correndo.

Colocaram uma folha de papel nas mãos dele. Havia desenhos e símbolos. Imediatamente, se lembrou daquele que a velha mantinha entre os peitos.

Levantou a cabeça assustado. Alguns sorriam.

Naquele momento, viu, sentadas na fogueira mais próxima, a Esquisita e a Esquisitinha, que olhavam para baixo concentradas.

O velho barrigudo disse:

— O eme com o a, ma. O pê com o a, pa.

A TINI

A Tini começou a ficar com mais frio. Tentava dormir entre o Urso e Plop.

— Sempre faz frio — riu Urso.

Seus peitos ficaram maiores. E tinha mais sono.

Quando foi sua vez de ficar de guarda, a Tini caiu no sono. O Subsecretário lhe deu três pauladas.

— Você engravidou — disse o Urso.

As gestações não eram muitas, mas não eram raras. Os velhos do grupo diziam que isso dependia de como você comia. Quanto mais fome, menos grávidas.

A Tini já estava na idade.

Foi até a beira do Assentamento. Sentou-se olhando para fora.

Queria tirá-lo. Mas a última que havia tentado tinha morrido toda podre por dentro.

Tinha medo. Se houvesse uma nova migração, seria difícil sobreviver.

Não queria cuidar de ninguém. As crias, se não fossem cuidadas, morriam. Ela não se importava muito, mas via que todas as grávidas protegiam suas crias depois.

Muitas também eram afogadas assim que saíam. Especialmente os idiotas. Havia muitos idiotas.

Ela não queria cuidar de ninguém. Não queria o corpo pesado, que não a deixasse correr ou lutar. Se houvesse um ataque, uma matilha ou uma manada de gatos, não sobreviveria.

Não queria que nada crescesse dentro de si. Como os ratos gordos que haviam saído de um cadáver que eles haviam encontrado uma vez.

Não queria que lhe saísse de dentro. Nunca tinha olhado, mas sempre se ouviam os gritos de dor.

Dor já tinha. Bastante dor já tinha para que um idiota lhe desse mais. De dentro.

Era um idiota. Tinha certeza. Ou um deformado. Os tinha visto. Com os olhos colados. Ou com a cabeça achatada e macia como muco.

Ou aquele que saiu com dois bracinhos curtos, como asas de pássaro. Ou aquele que parecia normal, mas era todo peludo. E quando começou a crescer, era todo peludo. E o bruxo disse que devia matá-lo. Ninguém acreditou muito nele, mas, como havia pouca comida e todos estavam bravos, o mataram.

Ou podia morrer ainda dentro dela. Tinha certeza. Morreria ainda dentro. E iam cortar-lhe a barriga e puxá-lo para fora todo podre. E ela ia morrer cheia de vermes. Ela já tinha visto.

Tinha visto gente com a barriga cheia de vermes. Que os olhava, que os tirava com os dedos.

E o que ela tinha dentro, o imaginava como um verme. Era um verme. Cinza. Que se dividia de dois em dois. E ia enchê-la de vermes que sairiam dela pela boca, pelo nariz, pelo cu.

Alguém se aproximou por trás e começou a apalpar seus seios. Sem olhá-lo, lhe deu uma cotovelada, supôs que no rosto. E vomitou.

● LESIONADO

Chegou um lesionado, andando, se arrastando.

Dois vigias o trouxeram. O jogaram na Praça. Plop passava por ali e lhe disseram:

— Encarregue-se disso.

Um Secretário da Brigada que também cruzava a Praça repetiu:

— Encarregue-se disso.

Plop se alegrou. Se morresse, teria direito de ficar com algumas de suas coisas. Se se salvasse e ficasse bem, teria uma dívida com ele.

No Grupo, nem sempre matavam os de fora.

Quando chegava um lesionado que podia ser salvo e contribuir, o curavam. O mantinham amarrado por um tempo para garantir que não fosse agressivo. Depois, continuava vigiado por mais um período. O único tabu era o sexo por dois solstícios, até que se comprovasse que ele não tinha doença venérea.

O Comissário-Geral sempre dizia:

— Não somos selvagens. Se alguém serve, é aceito.

Esse lesionado era um homem grande. Tinha um corte do ombro ao estômago. Mas não parecia profundo demais.

Primeiramente, Plop soltou os panos que o cobriam, procurando um que não estivesse muito sujo para limpar a ferida.

Colocou o que achou melhor no local onde sangrava mais.

Em seguida, antes de ir buscar o curandeiro, se dedicou a vasculhar a bolsa do homem.

Um pedaço de carne seca, uma faca pior do que a dele e um volume pequeno embrulhado em plástico.

Se não fosse pelas aulas, não o teria reconhecido. Mas nas fogueiras haviam comentado sobre isso.

Até agora, tinha visto papéis com palavras. Mas ele nunca tinha pensado que encontraria um livro completo.

O guardou antes que alguém o visse.

Foi procurar o curandeiro. Quando voltou, o lesionado já estava morto.

● URSO

A Tini e Plop se perguntavam o que estava acontecendo com o Urso. Ficava cada vez mais retraído.

Nunca tinha sido muito sociável. Mas, com eles, ele era outra coisa. Não se pode dizer que compartilhavam tudo, porque no Grupo ninguém compartilhava nada, eram dos poucos que às vezes se ajudavam.

Não participou nem mesmo quando se fez aquele banquete geral, ou quando apareceu uma manada de porcos selvagens e caçaram cinco.

Deixou de fazer sexo. Tentaram, com a Tini, fazer com que ele brincasse com eles, que se usassem. Nada. Levaram uma jovenzinha como alguma vez teria gostado. Não a olhou.

No início, podiam vê-lo se masturbando em algum canto. Depois, nem isso.

Passava o dia sentado em uma pedra, quase sem pestanejar. Mexia-se somente quando o Secretário da Brigada o chamava.

Começou a desaparecer por dias inteiros.

Preocuparam-se. Ninguém passa a noite fora do Assentamento sem correr grandes riscos.

Não tentaram falar com ele. Como dizia o ditado: "Cada um é dono da sua morte".

Mas se preocuparam.

Uma vez, sumiu por uma semana. Na noite em que voltou, Plop estava de guarda e por isso o viu chegar. Passou a guarda para o primeiro que encontrou e correu para chamar a Tini.

Estava magro, muito sujo, com uma trouxa de farrapos amarrada nas costas.

Deram-lhe de comer algo que tinham e o que encontraram em sua bolsa. Quando tentaram desamarrar o pacote, os espantou com um tapa.

Ele mesmo o desembrulhou. Era uma idiota. Não podia ter mais do que dois ou três solstícios.

Os retardados não eram incomuns. No geral, assim que o primeiro sintoma aparecia, as mães os sacrificavam.

No máximo, sobreviviam até a próxima migração.

Perguntaram-lhe por que a havia trazido. Plop comentou que ela era muito pequena para ser usada, mas que ele poderia ganhar algum crédito contribuindo para a alimentação dos porcos. O Urso o deitou de supetão.

A levantou e a colocou sobre seus joelhos. Eles se olharam nos olhos. Por um longo tempo. Quando Plop e a Tini foram embora, muito tempo depois, continuavam imóveis, em silêncio.

No início, houve algumas piadas, mas o Urso era muito grande e os engraçados decidiram que era mais saudável não se meter.

Produziu uma mochila com farrapos e cordas. Levava ela sempre nas costas. Tornou-se uma figura familiar, o Urso andando com a Idiota nas costas. A marca de sua merda escorrendo pela cintura e pelas pernas.

Apareceram cães marrons. Coube-lhe ser do Voluntários Um para caçá-los e evitar que atacassem o Assentamento.

Ofereceram à Tini ficar com a Idiota enquanto ele não estivesse. Juraram-lhe que, mesmo que ela não servisse para nada, não a reciclariam. Que iam cuidar dela. Que, com isso nas costas, conseguia se mexer menos e que era bastante mais atrativo para os animais famintos.

Ele os olhou sem falar. Apenas mudou a mochila das costas para o peito. Virou-se e ficou imóvel. A Tini entendeu e apertou as alças para que não balançasse.

Na caçada, perdeu um dedo mindinho. Os que estavam com ele disseram que isso não teria acontecido se ele não estivesse com aquela coisa no peito.

Plop não aguentou mais e, aos gritos, lhe exigiu que dissesse o motivo que tinha para levar sempre aquele pedaço de carne babando em cima dele.

— É minha mascote — foi tudo o que disse.

PARTO

Tini os acordou com seus gritos. Ouviu-se um coral de resmungos dos que queriam dormir.

Tinha sido um dia difícil. A chuva fez uma lua mais forte do que o normal, era um mar de lama, os haviam atacado, havia pouca comida.

Todos estavam de mau humor.

A amordaçaram para que ninguém jogasse nada em sua cabeça. Ela os olhava com olhos muito grandes.

Ficou de cócoras. Gemeu. Agitou os braços como se voasse.

Entenderam e a agarraram, o Urso de um lado, Plop do outro.

Contorcia-se. Estava encharcada de suor e chuva.

Alguém voltou a reclamar, mas se calou depois da ameaça do Urso.

De entre suas pernas, começou a sair algo. Plop pensou em um porco ensanguentado.

O Urso continuava agarrando-a com uma mão. Com a outra, ele agarrou a coisa que saía dela e a puxou no momento em que ela voltava a se contorcer e gemia o mais alto que a mordaça permitia.

Aquilo caiu na lama. O Urso o levantou pelas pernas. Era um machozinho. Não via nenhuma deformidade.

A Tini continuou empurrando. Caiu uma massa de carne mole, ensanguentada.

Ela pediu uma faca e cortou o tubo que a unia à cria. Plop pegou o resto que havia largado para alimentar os porcos.

Enquanto caminhava, pensava que, com a chuva e os gemidos, apesar de ter caído na lama, não tinha conseguido ouvir se havia feito *plop*.

A ÁRVORE

Os exploradores e os velhos sempre contam. Há uma árvore. O Grupo de Plop nunca passou por lá, mas muitos a viram.

Dizem que sempre tem gente ao seu redor. Que tem um grupo que vive lá. Que não migram, que estão sempre lá. Se autodenominam os Guardiões da Árvore. Mas também dizem que mais ninguém os chama assim.

Lá tem sempre muita gente. Outros grupos, que nunca ficam muito tempo em um lugar, também passam por lá em seu deambular e ficam por alguns dias. Ou seja, ali sempre falta comida. Mas ninguém briga, ninguém se ataca.

O terreno é plano, sem mato. Apenas a árvore.

Os que passam deixam coisas, mas os Guardiões as tiram, jogam fora, tudo no mesmo lugar. Limpar, o chamam. Há partes de terra pura, lama. Sem pedaços de arame, nem de vidro, nem madeira quebrada. Apenas terra.

Todos passam o tempo olhando para a árvore. Os visitantes, por alguns dias. Os Guardiões, sempre.

De vez em quando, aparecem alguns loucos e tentam jogá-la abaixo, queimá-la. O resto sempre a defende. Nessas oportunidades, escorre sangue, todos contra os que atacam a árvore.

É raquítica, tem quatro ou cinco galhos, a altura de dois homens. Nunca tem folhas.

Também alguns tentam se pendurar pelo pescoço. Não os deixam, para que não quebrem os galhos. Para isso, há alguns ferros ali do lado.

Plop sempre teve vontade de vê-la. Descreveram-na para ele, até a desenharam no chão. Mas ele não consegue nem imaginar.

ENCONTRO

Acostumaram-se a voltar juntos depois da aula.

Plop já havia passado para a segunda fogueira e se sentava ao lado da Esquisitinha.

Ela lhe contou que lia há muito tempo. Que se não o fazia melhor era porque sua família não tinha papéis com palavras para lhe dar.

Ele nunca conseguiu se acostumar com aquela referência de parentesco.

Uma noite, ele lhe disse que se afastassem um pouco do caminho. Ela hesitou, porque não era seguro. Ele insistiu que tinha algo importante para lhe mostrar. Havia um pouco de claridade, porque, estranhamente, não chovia.

Ele lhe mostrou o livro. Os olhos dela ficaram redondos. Sentaram-se perto para combater o frio e tentaram ler.

Ele apoiou a mão em sua coxa e, enquanto a ouvia silabar palavras de maneira desajeitada, foi subindo, assustado.

A tinha visto lutar contra vários que tentaram usá-la. E ganhar todas as vezes.

Quando sua mão chegou ao centro, o encontrou molhado. Meteu os dedos. Ela ofegou um pouco.

Quis subir nela. Ela o impediu com um gesto. Ele obedeceu imediatamente. A tinha visto quebrar ossos.

Ela agarrou o pulso dele e começou a movê-lo lentamente.

— Mais — disse em um momento.

Plop entendeu e enfiou mais dedos. Ela os empurrava com força para dentro. Com o polegar, acariciava o botão inchado que ela tinha para fora.

Sacudia-se e gemia. Ele tinha pegado seu ritmo e sacudia o braço no tempo dos espasmos.

Ela gritou. Deitou-se de costas e fechou os olhos.

Plop subiu e fez o que tinha de fazer. Ela não se mexeu. Quando se separaram, ele lhe deu o livro de presente.

VAI MORRER

Plop estava dormindo abraçado com uma mulher.
A Tini chegou correndo. O sacudiu, esquivou do tapa. Quando ele abriu os olhos, ela lhe disse:
— Vai morrer.
Plop se levantou de uma vez e correu. Espantou com violência o círculo de pessoas ao redor, ajoelhou-se ao lado e pegou suas mãos magras e enrugadas.
A velha Goro o olhou de longe, demorou a reconhecê-lo.
— Filho da puta — lhe disse com um sorriso que parecia uma careta.
— Está morrendo?— perguntou.
— Sim.
— Não brinca.
— Não estou brincando, quem se fode é você, que fica nesse lugar de merda.
Mal pôde terminar em meio à tosse e vômitos. Agarrou Plop pelo braço e, com a mão, fez gestos para que os curiosos fossem embora.
— Tire o papel dos meus peitos — conseguiu articular.

Plop enfiou a mão entre as rugas da velha e tirou o envelope que ele tinha visto várias vezes, há muito tempo.

— Que não o roubem, você sempre foi meio idiota. Aí tem algo para você aprender.

— Eu tinha um livro — disse Plop.

— Você tinha um livro? Você sempre foi um fodido. Achei que você fosse melhorar, mas agora acho que não.

E morreu.

Plop estava sem ar. Somente quando se virou, percebeu que o grupo de curiosos tinha retornado. Se perguntou se tinham ouvido. Decidiu que não.

Com o envelope, ameaçou o mórbido mais próximo. O outro se afastou como se tivesse uma brasa.

Plop nunca deixava de se surpreender com o poder que tinha emanado da velha Goro.

— Aqui estão os segredos dela — disse ao ar, e sentiu o medo que circulou entre os presentes.

Apareceram vários secretários e o Comissário-Geral. Todos recuaram, exceto Plop, que não conseguia acreditar na importância que lhe davam.

— Cerimônia — indicou o Comissário-Geral.

Fazia muito tempo que não se realizava uma. Eram reservadas para pessoas como secretários ou feiticeiros e, nesse último caso, mais por medo de sua possível magia do que por respeito.

Era a única vez, até onde Plop sabia, que uma cerimônia fúnebre foi feita para alguém do Serviços Dois.

E ele sabia que papel lhe cabia.

A CERIMÔNIA

Os do Comando chegaram em massa. Montaram uma maca com varas e arame.

A colocaram em uma estrutura mais alta do que o membro mais alto do grupo. Plop foi sentado logo abaixo.

Enviaram vigias para avisar os grupos próximos. Sentaram-se ao redor do corpo e com as mãos batiam: Ta, ta ta ta, tatá.

As pessoas do Grupo caminhavam ao redor, em um Karibom amargo e lúgubre.

O dia todo e a noite toda. Ninguém comia. Só bebiam água, nada mais.

Chegava gente de outros grupos. Alguns com a cara manchada. Plop não conseguia acreditar no que estava acontecendo.

Quando clareou, a ciranda parou. Os mais jovens colocaram a maca com a velha Goro em seus ombros. O resto ficou atrás, em ordem hierárquica.

Plop foi colocado à frente do cortejo e lhe deram alguns ferros que ele deveria bater no chão, marcando o ritmo dos passos.

Deram a volta em todo o Assentamento, ninguém podia deixar de estar presente.

Quando voltaram ao lugar onde a velha sempre havia dormido, já tinham preparado um suporte para a maca, que ficava na altura do umbigo de Plop, e uma fogueira na frente.

O colocaram ali, deram ao Plop uma faca muito afiada e se moveram para trás, cercando-o. As mãos de todos voltaram a marcar o ritmo.

Plop começou a cortar a roupa da velha e jogá-la no fogo. Quando ela ficou nua, Plop olhou para as pessoas ao seu redor. Ninguém olhava para ele. Os olhos cravados no corpo.

Continuou procurando até encontrar a Tini e o Urso, abraçados. Eles, sim, olhavam para ele.

Afundou a faca no estômago da velha Goro e começou a cortar em direção ao esterno. Devagar. Com esforço.

Os ossos resistiam. No peito, teve que tirar a faca e ceifar, como se fosse um machado. Soava oco.

Quando chegou ao pescoço, largou o instrumento e, com as mãos, abriu as costelas. Machucou o dedo com uma lasca de osso. Seu sangue se misturou com o da velha. Ninguém se deu conta.

Ali estava a velha por dentro. Não era a mesma. Era carne, sangue.

Cortou os pulmões e os levou ao fogo. O estômago tinha cistos do tamanho de punhos. O extraiu o melhor que pôde e foi de novo para a fogueira.

Ele deu um rim para o Secretário de Recreação, o outro para o Secretário de Voluntários, o fígado para o Comando, o coração para o Comissário-Geral.

Com a ponta da faca, ele começou a cortar a articulação do maxilar inferior.

Terminou de tirar a mandíbula. A cara da velha Goro era uma massa de franjas vermelhas, que mostrava a garganta como um buraco até o centro da Terra.

Levaram-lhe um cordão, com o qual pendurou a mandíbula no pescoço.

Naquele momento, os secretários pegaram os órgãos em suas mãos e os esfregaram em seus rostos. Em seguida, cada um deu uma mordida.

Ainda mastigando, eles se colocaram em fila na frente de Plop e, de suas mãos, ele teve que morder um bocado de cada um.

Vomitou duas vezes, entretanto.

Jogaram os órgãos no fogo, e o Grupo inteiro ficou em fila na frente do resto do corpo.

Plop cortou, pedaço por pedaço, o cadáver da velha. Cada articulação deveria ser separada e o pedaço entregue ao próximo da fila. As mãos, os pés e a coluna lhe deram muito trabalho.

O crânio deveria ir para o fogo. Levantou a cabeça sem mandíbula. Olhou para os olhos opacos antes de jogá-la.

Chorou.

A TINI E O URSO

Encontravam-se cada vez mais. Plop não entendia o que compartilhavam. Sequer faziam sexo.

Aproximar-se da Tini para usá-la, estando ao lado do Urso, era um suicídio. Bastava que ela dissesse "não!" para receber o soco do outro.

Ambos com suas crias a tiracolo: a Tini com seu filho e Urso com sua Idiota. O dia inteiro de lá para cá.

Embora a Idiota do Urso fosse quatro solstícios mais velha, como não podia fazer nada, na prática eram duas crianças da mesma idade.

Era muito curioso vê-los brincando de igual para igual: a Idiota tinha o dobro do tamanho do filho da Tini.

O Urso continuava protegendo a Idiota. A Tini era o único adulto que tinha permissão para tocá-la ou levantá-la.

No Grupo, começaram os murmúrios: não era normal que duas pessoas ficassem juntas o tempo todo e em exclusividade. Era estranho. Alguns os olhavam mal.

Outros foram falar com o Secretário de Serviços.

Os expulsou aos gritos perguntando-lhes se pensavam que ele não tinha nada melhor para fazer do que cuidar de todos os loucos de sua Brigada.

Plop tentou conversar com eles. O Urso sempre tinha sido muito calado. A Tini respondeu que ele não conseguia entendê-los, que eles estavam em outra coisa.

Plop argumentou que muitas pessoas tinham crias e que isso não acontecia com elas, que não se isolavam, que não paravam de fazer sexo, que não se separavam de seus amigos.

— Os amigos são os que querem o mesmo que você. Os amigos são os que estão junto aos amigos — disse o Urso.

— E eu estou com vocês — argumentou Plop.

— Você quer outra coisa. Você quer mais do que nós — disse a Tini.

Plop foi embora. Não entendia muito bem.

● SEGUND● ESCALÃ●

Deviam eleger um Secretário da Brigada. Isso acontecia a cada quatro solstícios.

Nunca mudava nada, mas o faziam mesmo assim.

Depois, os Secretários de Brigada voltariam a eleger o mesmo Comissário-Geral.

Reuniam-se todos das Brigadas Um e formavam células. Nomeavam um responsável de Célula. Os das Brigadas Dois elegeriam, entre todos, apenas um.

Em seguida, os nomeados se reuniam e designavam o Secretário de Brigada. O mesmo de antes.

Nunca convinha tentar mudar, porque a vida era muito difícil para o que perdia. Havia um ditado: "Mais difícil do que sobreviver com Secretário contra você".

Para que trocasse um Secretário, e ainda mais um Comissário-Geral, tinha de ser muito ruim, muito inútil.

Nesse caso, raramente chegava às eleições. Geralmente, sofria um acidente ou acordava com o pescoço aberto.

Por isso, os secretários cuidavam muito bem de seus amigos, especialmente de seu segundo em comando, o Sub, como era chamado.

O Sub era quem os substituía em caso de ausência. Ou morte, que era a forma mais frequente de mudança.

Plop queria ser Secretário. Mas sabia que não podia se candidatar.

Começou a se aproximar do Sub, muito antes do solstício. Simplesmente ficando perto, à vista, conseguiu que o chamasse para fazer tudo que lhe ocorresse.

Também começou a segui-lo, a estudar sua vida, quem ele usava, o que ele comia. Descobriu, entre outras coisas, que sempre que podia, ia para a cama bêbado e que todas as noites, em qualquer estado em que estivesse, ia antes ao banheiro do Secretário.

Embora os únicos que tivessem direito a um banheiro fossem o Comissário e os secretários, o Sub era muito amigo do Secretário e este o deixava usar o seu.

Plop se tornou necessário. Sempre atendia às solicitações do Sub de forma rápida e eficiente.

Depois se tornou amigo. Para conseguir isso, a sorte o ajudou. Uma vez em que voltava sozinho dos arredores do Assentamento, encontrou um andarilho. Partiu sua cabeça com uma pedra. Ao revistá-lo, descobriu um odre cheio de algum tipo de aguardente.

Imediatamente, o levou para o Sub. Embebedaram-se até quase perderem o sentido. Antes, o Sub o usou.

Aparentemente, gostou, pois se acostumou a jantar com ele. Plop lhe levava a comida que conseguia e começou a passar fome.

Depois de comer, se não estivesse muito bêbado, o Sub o usava.

Riam juntos. Plop lhe contava as fofocas da Brigada. O Sub o liberou das tarefas mais pesadas.

Quando não estava bêbado, Plop se divertia com ele. Começou a caçar ratos, vivos. Os guardava em um tanque vazio do lado de fora do Assentamento. Dava-lhes comida, pouca, apenas o suficiente para que não se matassem entre si.

Chegou a ter quase vinte. Sua fome aumentou.

Uma noite, conseguiu muito licor. Eles comeram juntos. O Sub o usou duas vezes. Plop lhe deu muita comida e muito álcool.

Quando ficou muito bêbado, o masturbou. Mal conseguia se mexer.

O arrastou até o banheiro. Primeiro, colocou no buraco uma sacola com os ratos. Deixou de fora a corda que a abria. Tinha outros dois em uma sacola menor.

Sentou o Sub, cobrindo todo o buraco da privada.

Abriu sua boca e colocou ali a sacola menor. O primeiro rato quis escapar e ficou preso em sua garganta. O segundo, encontrando o caminho obstruído, atacou-o e começou a morder a língua.

Plop mal conseguia segurar as mãos do Sub. Demorou muito para desmaiar.

Então, desfez o nó da sacola abaixo. Apesar do desmaio, o Sub voltou a se debater ao sentir que os ratos entravam em seu corpo. Ele o segurou com força. O rato em sua garganta não o deixava gritar.

Quando calculou que a maioria dos bichos já estava dentro do Sub, usou a corda para tirar a sacola da privada.

Quando foi embora, podia ver um movimento no ventre. Lhe remeteu o que sentia quando o Sub o estava usando.

Ninguém tinha visto nada.

Buscou alguém para usar. Não encontrou. Tomou o resto do licor, se masturbou e adormeceu.

Nomearam-no Sub porque o anterior havia sido comido por ratos. Não era uma morte tão incomum.

A FOME

Chovia. Faz tempo que chovia. E fazia muito frio.

Não havia nada para comer. A porca estava grávida. Era vigiada dia e noite para que não a comessem. Os corpos dos que morriam a alimentavam.

O Comissário-Geral disse que, em vez de sacrificar a porca, preferia comer sua mulher.

As mulheres pariam filhos mortos.

Os exploradores geralmente não voltavam. Um deles ficou fora por vinte dias. Contou que era a mesma coisa em todo lugar. Uma migração não era possível.

Pelo menos não havia cães selvagens.

Formaram-se brigadas para buscar comida. Da primeira, não se soube mais nada. Da segunda, só sobreviveu um, que chegou ferido. Antes de morrer, contou de grupos entrincheirados que atacavam qualquer um que se aproximasse.

Formou-se uma terceira brigada.

Saíram à noite. Eram seis no total: o Chefe da Brigada, um explorador do Voluntários Um, um caçador, uma mulher do Serviços Um, Plop e Esquisitinha.

Carregavam três arcos e quinze flechas. E facas. E paus. Caminharam a noite toda, evitando qualquer luz. Não cruzaram com ninguém.

Ao amanhecer, descansaram um pouco. Esquisitinha caçou um rato com uma flecha que se quebrou. O Chefe gritou com ela. Cada flecha era preciosa.

Cozeram o rato e tomaram o caldo. A carne foi para o chefe e para ela, que o havia caçado.

Caminharam o dia todo. Devagar, tentando que não os vissem.

Passaram por dois acampamentos queimados. No segundo, os mortos ainda estavam mornos e um deles tinha as pernas recém-cortadas.

À tarde, dormiram, com dois de guarda. À noite, continuaram, aterrorizados.

No terceiro dia, foram atacados. Atiraram três flechas. Três caíram. Os atacantes recuaram. Recuperaram as flechas.

O Chefe indicou descanso. Começou a cortar a carne de uma perna. A mulher de Serviços se recusou a comer. Plop engoliu com engasgos. Esquisitinha aceitou com naturalidade. Plop lhe perguntou se era a primeira vez. Olhou para ele sem responder.

Continuaram. Mais dois dias. Sem comer.

Mataram duas pessoas, um homem e uma mulher. Tinham carne seca, que durou mais três dias.

A paisagem de mato e montanhas de lixo não mudava. Mas nada para caçar. Nem cachorros, nem gatos, nem ratos. Nem gente.

A mulher de Serviços estava fraca demais para andar. A abandonaram.

O Chefe começou a falar em voltar. Sem levar notícias para o Grupo. Provavelmente, o reciclarão pelo seu fracasso.

Caçaram um pássaro que era muito duro para comer, mas serviu para outro caldo.

O terreno se elevava um pouco. No final, dava para ver algo que parecia restos de uma parede. O vento havia juntado ali mais lixo do que o normal.

Subiram. Atrás, apareceu uma superfície plana e brilhante. Marrom, cinza. Refletia as nuvens.

Era uma fita que corria muito lentamente, arrastando uma consistência viscosa. De vez em quando, se formava e estourava uma bolha, aumentando o fedor.

Começou a chover de novo. As gotas marcavam, faziam ondas concêntricas e desapareciam.

— Água — disse Esquisitinha.

— Água — disse o Chefe.

Plop a olhou com espanto. Havia viajado e conhecia coisas que ele não. Ele só sabia disso pelas histórias dos velhos.

Claro que ele conhecia a água que tomava, a única que se podia tomar, a que era coletada da chuva.

Sabia que nessa, a que estava diante deles, nada poderia viver. Que, de noite, ela provavelmente brilhava.

Haviam lhe dito que às vezes ela se acumulava em grandes poças chamadas "lagos". Que às vezes, como nesse caso, corria devagar.

Plop não se lembrava que nome lhe davam.

Decidiram ver o que havia do outro lado. Caminharam paralelamente à água buscando como cruzar. Em um ponto, havia uma viga de concreto que a atravessava.

O Chefe mandou Plop atravessar. Ele passou se equilibrando. Depois, subiu Esquisitinha. No meio do caminho, a ponte improvisada se mexeu, ela tropeçou e caiu de bruços na lama.

Seus braços afundaram até os cotovelos, depois suas mãos escorregaram e ela ficou deitada, de barriga para baixo, com metade do corpo enterrado no líquido.

Levantou o rosto rapidamente e olhou para eles. Primeiro para Plop, que desviou o olhar.

Esquisitinha entendeu. Começou por puxar a faca, depois o arco e as flechas que tinha.

Foi tirando a roupa que podia ser aproveitada.

O resto se sentou, a maioria de um lado e Plop do outro. Olhavam para ela.

Ela se ajoelhou e foi olhando-os, um por um. Ficou de lado para o grupo, com os olhos fixos em Plop.

Quando apareceram as primeiras feridas, ele se levantou.

Esquisitinha começou a fazer uma série de sons parecidos com miados longos, graves. Plop pensou que devia sentir muita dor.

Quando ele cruzou a viga, os olhos da Esquisitinha eram dois buracos negros que jorravam. Ela não se moveu. Provavelmente, já nem conseguiria ouvir.

Plop não olhou para trás. Começaram a voltar.

Lembrou de uma jovem que havia feito sexo com ele antes de ir embora. Decidiu procurá-la novamente, se conseguissem voltar.

Demoraram uma semana. Chegaram quase mortos.

● ATAQUE

Plop dormia entre a massa de corpos que tinham estado juntos. Sentiu um barulho e algo lhe respingou na cara.

Levantou-se de uma vez, tateando em busca da faca. Não encontrou nada a não ser o gesto furioso de um homem com uma estaca na mão, da qual ainda jorrava sangue da mulher que tinha estado ao lado de Plop.

O atacante se assustou com o salto. Isso deu tempo a Plop para lhe dar uma cabeçada no nariz e virá-lo de costas. Tirou a estaca das suas mãos e cravou-a com a ponta no esterno.

Só então conseguiu olhar à sua volta. A gritaria era generalizada. Ele estava perto do centro do Assentamento, da Praça.

Supôs que o ataque tinha vindo de todos os lados e devia ter sido muito forte para que chegassem tão rápido aonde ele estava.

Alguns dos companheiros da noite anterior tinham as cabeças destruídas. Outros, sentados no chão, pareciam completamente desconcertados.

Equilibrou-se sobre sua faca e chutou os outros para que se levantassem. Na boca, tinha o gosto áspero do sangue e dos miolos da sua companheira.

Teve vontade de matar invasores. Sorriu e se espantou com o seu próprio gesto.

Pareceu-lhe que estavam formando um grupo de defesa na Praça. Correu. Ao passar perto do abrigo dos Esquisitos, desviou e pegou um arco e algumas flechas.

Chegando à Praça, ouviu o som da besta do Esquisito. Quase soltou uma gargalhada. Sabia que provocava pânico em qualquer rival.

Aproximou-se lentamente para que os seus próprios companheiros não o atacassem. Para entrar, flechou um invasor pelas costas.

Como tinha imaginado, a besta, junto com as flechas, estava fazendo os inimigos recuarem.

Juntou-se ao seu Secretário de Brigada e começaram a avançar. Agora, o objetivo era outro: conseguir a maior quantidade possível de coisas dos mortos, armas, roupas, o que fosse.

Plop gritava, corria matando o que restava vivo, resistindo à tentação de chupar o sangue que lhe encharcava as mãos.

Conseguiram expulsá-los do perímetro do Assentamento.

Plop envolveu-se com uma mulher que lutava como uma gata parida. Tentou golpear seus peitos para paralisá-la. Eventualmente, ela caiu, e Plop conseguiu bater sua cabeça contra uma pedra até que ela parou de se mexer.

Assim que se levantou, viu que o Secretário lutava contra um atacante que o ameaçava com um ferro afiado como uma lança.

Plop se aproximou por trás do agressor. De última hora, se moveu para que o Secretário o visse. O outro o olhou impressionado. O agressor teve um instante para enterrar a sua estaca no estômago do Secretário.

Enquanto cortava a garganta do estrangeiro, pôde ver o olhar de ódio no rosto do seu Chefe.

Plop tirou-lhe a lança do estômago e a cravou no seu peito.

Quando terminou a batalha, proclamou-se Secretário da Brigada de Serviços.

A DESCOBERTA

Plop estava entediado.

Era de manhã cedo. Olhou para o brilho pálido do sol por detrás das nuvens. Nunca ninguém ia para aquele lado. Ou, pelo menos, ninguém voltava.

Passaram uns meninos recém-incorporados ao Serviços Dois, muito novos. Sequer sabia seus nomes.

— Vocês: peguem suas facas ou ferros e vamos.

Caminharam a manhã inteira. Os dois meninos estavam assustados, não entendiam o motivo da excursão. Plop ia atrás deles, em silêncio, com o arco na mão.

Encontraram um Assentamento reduzido, apenas um grupo de miseráveis. Plop hesitou. Decidiu contorná-los, pareciam pobres demais para ter algo interessante.

Os meninos perguntaram se podiam procurar comida. Plop não tinha fome. Sequer lhes respondeu. Seu mau humor começava a aumentar.

Chegaram a uma grande superfície plana. A chuva tinha lavado algumas partes e, por baixo da lama, dava para ver que era de metal. Enferrujado, como tudo.

Plop mandou o menino mais fraco na frente. Estava aterrorizado, caminhava hesitante.

— Mais rápido! — gritou Plop.

O outro não acelerou. Plop colocou uma flecha no arco.

— Correndo! — urrou.

A resposta foi um trote. De repente, desapareceu. Plop e o outro avançaram muito devagar. Plop atrás. Caminhavam sobre os ferros cheios de lama com cuidado infinito. Em algumas partes, era muito escorregadio. Chegaram ao lugar onde o primeiro tinha caído. Uma placa metálica tinha cedido.

Estava embaixo, com a cabeça formando um ângulo com o pescoço que não era natural.

Apesar da pouca luz, dava para ver que o espaço onde ele tinha caído era grande.

Remexeram os arredores. Com arame e cabos fizeram uma corda para descer.

Ao chegar no fundo, não perderam muito tempo com o morto. Só tiraram dele o que poderia ser aproveitado.

Quando os olhos se habituaram à penumbra, viram um espaço imenso em que, de vez em quando, se infiltravam a chuva e alguns pobres raios de luz.

O chão parecia sólido, de um material poroso e cinza. Foram, com muito cuidado, em direção a umas sombras que pareciam estruturas.

Eram pilhas altas de caixas. Muitas. Ordenadas em filas.

Contornaram-nas, até que um feixe de luz iluminou uma caixa bem em cima da etiqueta.

Plop leu com lentidão. Várias vezes.

Primeiro para entender o que estava escrito. Depois, para poder acreditar no que estava lendo.

O jovem lhe perguntava por trás.

— O que é? Você entende o que é?

Plop se virou, lentamente. Olhou-o fixamente nos olhos, com a faca na mão.

— Eu sei — disse, enquanto enfiava a faca no seu estômago e a puxava até onde o esterno permitia.

● DEPÓSITO

Voltou com as duas facas e os dois pares de sandálias.
— Nos atacaram — disse.
Ninguém se surpreendeu.

Acostumaram-se a que Plop desaparecesse durante dias inteiros. Geralmente, ia para o depósito, mas às vezes também vagava por aí.

Demorou muito para examinar tudo e descobrir o que tinha em cada caixa. Aprendeu palavras novas. E associou muitas delas com sabores, com texturas. Tornou-se um especialista em abrir latas.

Nem tudo era comida. Muitas caixas estavam cheias de objetos cuja utilidade ele não conseguia imaginar. Alguns tinham palavras escritas, como *on* ou *off*, alavancas, botões que não tinham qualquer efeito se pressionados.

Encontrou uma caixa com umas facas muito compridas, com o rótulo de "facões". Não levou nenhuma para o Assentamento. Poderiam ser úteis mais adiante.

Um dia, escutou um barulho vindo de cima. Subiu com cuidado. Havia uma mulher enorme. Três homens a atacavam. Ela tinha uma vara enrolada em arame na mão direita e uma lâmina de metal afiada na esquerda.

Estava vestida de couro e metal. Plop nunca tinha visto nada assim. Até protegia a cabeça com um capacete feito de pedaços de chapa.

Objetos e armas pendiam da sua cintura. Nas panturrilhas, tinha facas amarradas.

Plop pensou num ser cujo único objetivo era lutar, matar.

Era feroz no combate. Os outros tentavam cercá-la, ela girava o tempo todo. Batendo. Ferindo.

Caiu um com o pescoço quebrado. Os outros dois sangravam. Ela também.

Plop viu que estavam se aproximando do buraco na chapa de metal, que ele mal tinha conseguido camuflar. Só dava tempo de voltar a descer e preparar o arco.

A mulher caiu no buraco, arrastando junto um de seus inimigos. Plop estava pronto.

Quando a cabeça do que estava em cima apareceu pelo buraco, recebeu uma flechada na boca.

Com um facão, abriu o peito do outro. Saltou para trás para se esquivar do golpe da mulher.

Encararam-se imóveis. Ela tinha as panturrilhas em ângulo reto com as coxas. Devia estar doendo muito. Plop sorriu.

Ela se encolheu, suas mãos se abaixaram e duas facas voaram em direção ao peito de Plop, que por pouco conseguiu pular, se esquivar delas e voltar a sorrir.

Afastou-se e sentou-se para comer, sem deixar de encará-la. Ela desmaiou.

Passou-se um longo tempo. Plop tinha sono, mas resistia. Finalmente, a mulherona se mexeu. Assim que abriu os olhos, suas mãos entraram em ação de combate. Tentou se levantar. O grito ecoou no depósito. Voltou a desmaiar.

Plop percebeu que também tinha o quadril quebrado. Perfeito.

Abriu uma lata, colocou água em uma tigela. Empurrou para perto do corpo caído. E continuou esperando.

Um tempo depois, ela abriu os olhos novamente. A primeira coisa que viu foi a comida. Olhou para Plop com desconfiança. Tentou se arrastar, mas a dor não a deixou. Pareceu se dar conta da sua situação. Então comeu, primeiro com receio, depois com avidez.

Plop montou uma barreira alta de latas ao redor da mulher, afastou-se o máximo que pôde e adormeceu. Foi acordado pelo barulho.

Levantou-se de um salto. Ela havia se arrastado até a borda e estava tentando abrir uma lata com uma faca.

Plop se aproximou lentamente. Ela não se retraiu. Plop estava admirado com sua capacidade de adaptação. Já tinha entendido que não queria matá-la.

A luz se foi. Plop nunca acendia uma fogueira no depósito para não ser descoberto do lado de fora.

Fez outra barreira de latas e adormeceu.

Acordou com uma faca na garganta.

— Não! — foi a única coisa que ele conseguiu articular.

A outra hesitou.

Plop falou, claro e devagar. Esperava que ela o entendesse.

Disse-lhe que ela não ia poder sair dali, que nunca voltaria a andar. Que matá-lo seria suicidar-se.

A ponta da faca parou de pressionar seu pescoço.

Plop continuou explicando. Que ele não a havia matado porque precisava dela. Que ele podia garantir-lhe uma boa vida. Que ali havia comida e água para sempre, e proteção da chuva. Que poderia construir um canto onde pudesse acender fogo.

Ela se afastou um pouco. Plop deu um pulo para trás e se escondeu atrás de uma pilha de caixas. De lá, disparou-lhe duas flechas que passaram muito perto.

Reapareceu com o arco novamente tensionado, apontando-lhe no peito. A mulher o olhava com ódio.

Ele apontou para uma lata, que estava sozinha no chão. Quando ela olhou para cima, Plop atravessou o frasco com a flecha.

Aproximou-se e lhe ofereceu o conteúdo para que comesse.

Ela riu, pois havia entendido. E pela primeira vez falou.

Tinha uma voz gutural e lhe era difícil modular. Plop percebeu que ela mal conseguia articular os pensamentos.

Era maravilhosa. Uma máquina de luta.

A mulher conseguiu perguntar o que ele queria dela. Plop explicou que precisava ensinar a ele e a quem quer que ele trouxesse a lutar.

Ela disse que não se ensinava, se lutava.

Plop disse que não importava, que podiam tentar.

Ela lhe pediu que a matasse, não queria viver sem andar. Ele disse que quanto mais cedo lhe ensinasse a lutar, mais cedo poderia morrer.

— É justo — disse a Guerreira.

A SEITA

Várias luas se passaram. E o frio voltou. Como sempre, isso significava fome.

As pessoas do Grupo começaram a se retrair. Reuniam-se aqueles que tinham afinidade ou precisavam uns dos outros. À noite, dormia-se pouco e mal. Por causa do vazio no estômago, por causa do medo dos roubos, os poucos que tinham alguma coisa.

Alguns jovens se juntaram em torno de Plop. O viam decidido e com ânimo.

Plop começou a trazer comida, que dava apenas para alguns. Aos mais fortes, aos mais alertas, aos mais audazes.

Esses ele tratava melhor. E ninguém dizia nada. Os menos favorecidos acabaram se retirando.

Os que ficaram começaram a se sentir um grupo. Seleto e mais bem alimentado.

Todos eram agressivos. Todos admiravam Plop. Ele não os usava, a menos que eles pedissem.

A Tini e o Urso o observavam de longe.

Saía com seus escolhidos por dias inteiros. Ninguém sabia o que fazia com eles. Mas todos começaram a lutar melhor.

Escolheu as mulheres mais jovens e as que ele mais gostava. Elas também começaram a comer melhor.

Ninguém dizia nada. Havia rumores.

Quando passava, todos o olhavam. Muitos com medo.

Pelos seus informantes, ele soube que os seus eram chamados de "a Seita". Gostou.

● TREINAMENTO ●

Plop os levava e ela os treinava.

Sempre os mandava lutar com ela, no final. E ela ganhava deles.

Fazia com a boca uma careta que Plop sabia que era um sorriso. Os demais não.

Tinham pavor dela. Mas nunca feria muito ninguém. Ela dizia: "Se aprender a lutar, não machuco".

Isso era bom. Porque para ser da Seita era necessário lutar. Passar pelo treinamento. E, no final, a luta com ela. Do chão, sem se mover, ela ganhava deles. E nunca matava nenhum.

Exceto uma vez.

Porque ele os escolhia com cuidado, muito cuidado. Mas uma vez, apenas uma vez, ele errou.

Não aprendeu. Os outros, com mais experiência, tentaram. Ele tentou. E não aprendeu.

Mas já tinha visto o depósito e já tinha visto a Guerreira.

Não podia ser da Seita se não lutasse. Não podia não ser da Seita se já tinha visto tudo.

A Guerreira esperou que lutasse com os outros. Perdeu, mas não saiu machucado.

A Guerreira olhou para Plop. Ele assentiu, então ela olhou para o novato e lhe disse que descansasse, que iria lutar com ela.

O deixou descansar por um tempo. Deu-lhe uma faca. O esperou de mãos vazias.

Em menos tempo do que uma pedra leva para cair, tinha partido seu pescoço.

Todos estavam bem com isso. Porque sem saber lutar, não se podia estar na Seita.

TERCEIRO ESCALÃO

O Comissário-Geral se incomodava com Plop: tinha subornado, com comida, alguns de seus amigos.

Quando passava perto, olhava para o outro lado.

Houve Assembleia para eleger nomes. Todo mundo se juntou na Praça. Em círculo. O Comissário estava cercado pelos secretários, como era de costume.

Com exceção de Plop, que estava com a Seita do lado oposto do círculo.

Todo mundo olhava para os dois lados, percebia a tensão. Plop e seu grupo propunham nomes. As pessoas votavam mais neles do que nos do Comissário.

Na metade da Assembleia, o Comissário deu meia-volta e foi embora. Apenas o Secretário de Comando o acompanhou. O resto atravessou a praça e passou para o lado de Plop. O silêncio tinha densidade de neblina.

A Assembleia continuou. Plop começou a propor nomes engraçados. As pessoas riam.

No final da Assembleia, Plop anunciou que sua gente tinha caçado e estava convidando todos a comer carne.

Ninguém viu como se fez a comida, ninguém viu as peles da caça. Ninguém descobriu também as latas que tinham esvaziado para encher as panelas.

Foi uma festa.

Naquela noite, Plop abriu os olhos a tempo de ver uma figura que saltava em cima dele com uma faca. Rolou sobre si mesmo, passando por cima do corpo que dormia ao seu lado.

Um de seu grupo caiu sobre o atacante e abriu seu pescoço. O viraram. Era o Subsecretário de Comando.

Levaram sua cabeça para o Comissário-Geral. Estava acordado. Com ele, estava o Secretário de Comando.

Entraram com os facões. Na manhã seguinte, as três cabeças estavam pregadas no meio da praça.

Não foi necessário convocar uma Assembleia, o Grupo inteiro se reuniu espontaneamente.

Dada a emergência, Plop propôs uma eleição direta do Comissário-Geral. Era muito incomum, mas ninguém se negou.

Elegeram o Plop. A metade votou feliz. A outra metade, com medo.

ESCOLHER MULHER

Plop tinha que escolher. Por ser o Comissário-Geral, tinha que escolher.

Não podia esperar muito. Era o costume. Plop sabia que os costumes só deviam ser quebrados quando valia a pena. Quando o benefício era maior que o castigo.

Porque sempre havia castigo quando se quebrava um costume.

Esperou até não poder mais.

Escolheu a mais velha do grupo. Ela feliz, tinha comida garantida. Os velhos do Grupo gostaram dele.

O resto estava desconcertado. Os da Seita acharam que era uma boa piada.

MESSIAS

Apareceram um dia de manhã. Eram seis. Quando o Grupo acordou, estavam sentados na Praça. Quietos. Em roda, com os olhos fechados, e o Messias no centro.

É claro que, naquele momento, ninguém o chamava de Messias.

A primeira coisa que Plop fez foi chamar os vigias de plantão. O que os havia deixado entrar disse que o haviam convencido de que eram pacíficos, que os havia checado e que não tinham armas.

Plop sacou sua faca para degolá-lo. O Messias se levantou, correu e se colocou entre ambos.

— Não tenho problema em cortar duas gargantas em vez de uma — sorriu Plop.

— Dê-o para mim — falou pela primeira vez o outro, com uma voz gutural e rouca.

— Como? — o espanto freou o Plop.

— Dê-o para mim, ele acreditou em mim, é meu.

— Aqui ninguém é de ninguém, não temos escravos — desafiou Plop, mais para sua gente do que para os recém-chegados.

Olhou ao seu redor: estava quase o Grupo todo. Levantou sua faca, ficou de costas para o Messias e o vigia. Gritou:

— O vigia deixou passar os estranhos: reciclagem, pira, agulha, esfolamento, degolamento, ou o quê.

Os mais jovens estavam mais para degolação ou esfolamento. Os mais velhos, como sempre, se importavam menos com essas coisas.

O Messias viu que estava perdendo. Ele se virou, ficou atrás do vigia e, em um movimento, quebrou seu pescoço.

Todo mundo ficou impressionado.

— Desculpe-me, não conhecíamos os costumes desse grupo. Queremos ficar por alguns dias — disse.

Plop voltou a olhar para as pessoas. Algo dentro dele lhe dizia que tinha de ceder.

— Está bem. Nada de sexo com ninguém. Você, você, você e você, vigiem-os sempre. E têm que contribuir com algo.

Eles trouxeram carne salgada, não muita, mas o suficiente para que Plop os aceitasse.

Ficaram.

PREGAÇÃO

O Messias ficava parado no centro da Praça, com seus cinco seguidores em volta. E falava.

Falava de outra terra: Sã, como a chamava, a Terra Sã. Todos os dias ele falava disso, de uma forma ou de outra.

Que existia, que ele sabia disso, que iria levá-los para lá. Que lá não havia fome. Não chovia sempre, não tinha lama, não fazia frio.

Que da terra saíam coisas, chamadas plantas, e que elas davam comida, frutos.

Que elas eram como cogumelos e musgo e podiam ser comidas. Que a água não era preta, lamacenta. Não brilhava à noite.

Corria limpa e podia ser tomada.

Nessa parte, os que escutavam riam, exceto seus acólitos. Todo mundo sabia que a única água que se podia beber era a que caía do céu. E caía o tempo todo.

Que, assim que tocava a terra, apodrecia, preta, e que, quando se acumulava, brilhava à noite, e que era preciso se afastar para que as mulheres não começassem a parir filhos deformados e nas pessoas não crescessem bolas de carne por dentro.

Mas o Messias era convincente. E seus companheiros não pareciam loucos nem idiotas. Participavam das tarefas dos Serviços Dois e dos Voluntários Dois sem reclamar.

Depois de cinco dias, algumas das mulheres do grupo ficaram para ouvi-lo. E, nos períodos de descanso, eram vistas ouvindo a conversa dos recém-chegados.

Plop o observou, mas não se preocupou. Não era a primeira vez que aparecia esse tipo de charlatão. De uma forma ou de outra, sempre prometiam o mesmo: um mundo onde se vivesse melhor.

Geralmente, as pessoas os ignoravam, às vezes alguém ficava com eles, geralmente alguém bastante burro.

O que esses profetas queriam, de acordo com Plop, era que os outros trabalhassem para eles. Como eram frouxos demais para serem líderes de algum grupo, se cercavam de desesperados que buscavam que lhes solucionassem a vida.

Mas esse era muito loquaz. Pouco menos de uma lua mais tarde, eram cinco os membros do grupo que o ouviam todos os dias.

E então eram quase vinte.

Plop se cansou. Ele não estava disposto a deixar que um louco tirasse a força de trabalho do Grupo.

Ficou parado no canto da Praça, ouvindo a pregação. Sempre o mesmo: Terra Sã, alimento das plantas e animais mansos para caçar.

Plop sabia do que estava falando. Estava nos papéis que a velha tinha, nos livros que havia usado para aprender a ler, naquele que havia dado de presente à Esquisitinha. Sabia o que era uma árvore, o que era uma fruta. Tinha visto os desenhos. Tinha comido das latas no depósito.

Mas não lhe interessava que os outros soubessem que essas coisas haviam existido. Além disso, ele estava convencido de que não existiam mais. Exceto em latas.

— Onde é isso? — gritou.

— Vou levá-los — respondeu o outro.

— E por quê? E como? — Plop retrucou.

— Eu vejo o que os outros não veem, sei o que os outros não sabem e escuto o que os outros não escutam.

— Sim, sim, tudo isso é muito bonito, mas por que você não vai sozinho? Por que você vai salvar todos nós?

O Messias sorriu.

— Porque o caminho é longo e difícil, e porque meu destino é o de todos. Daria minha mão direita para estar lá.

— Ah — disse Plop.

E se foi.

Na manhã seguinte, no meio da Praça, apareceu uma vara com uma mão direita pregada na ponta.

O Messias estava jogado embaixo, com seu ferimento cauterizado por um ferro em brasa. Ninguém entendeu como não se havia escutado nada.

Ficou deitado no chão o dia todo. Ninguém se aproximou dele.

No dia seguinte, um dos seus lhe trouxe comida e água.

E uma sacola com algumas provisões.

Foi embora. Sozinho.

A ESCRAVA

Certa manhã, enquanto se aproximava do depósito, Plop viu uma mancha que se escondia entre as montanhas de lixo.

Correu, rolando.

Agarrou por trás uma garota muito pequena. Vinte solstícios no máximo. Sozinha.

Defendeu-se como um gato. Mordeu, chutou. Plop lhe deu quatro bofetadas que a deixaram inerte.

A levou para o refúgio pendurada pelos pés. A Guerreira observava com olhos arregalados. Como de costume, não abriu a boca.

Plop também lhe amarrou as mãos, a jogou no chão e esperou que ela acordasse.

Quando se mexeu, viu a combinação de fúria e terror com que o olhava.

Usou-a por trás. Duas vezes. Depois, bateu nela até que quase desmaiasse. Pouco depois, voltou a usá-la. E outra surra.

Deixou instruções à Guerreira para que não a tocasse nem falasse com ela.

Voltou no dia seguinte. Repetiu a cerimônia. Mas, dessa vez, lhe deu de comer e beber depois.

A menina estava desesperada de fome e sede.

Assim a manteve por uma semana. Usando-a e alimentando-a uma vez por dia.

Depois, instruiu a Guerreira em um canto. Esta pegou sua coleção de facas e as colocou no chão, em frente ao seu corpo.

Plop levou um pedaço de madeira para longe.

A Guerreira foi cravando as facas na madeira, uma embaixo da outra, na mesma distância.

A menina observava. Seus olhos se fixaram na demonstração de destreza.

Plop a desamarrou e foi embora.

No dia seguinte, quando voltou, soube que tudo tinha acontecido como ele havia previsto: assim que ele saiu, a menina tinha corrido para a escada.

Quando a primeira faca chegou a um palmo de sua cabeça, se deteve. Olhou para a Guerreira, que sorria tranquilamente. Compreendeu que não tinha sido um equívoco e que não tinha nenhuma chance de sair viva.

Desceu e se aproximou da Guerreira com a cabeça baixa. Esta pediu que lhe trouxesse água, que a limpasse e que preparasse sua comida. Comeram juntas.

Depois de uma semana, não era mais necessário amarrá-la à noite.

Plop a usava quando tinha vontade. Mas, na verdade, ela era a Escrava da Guerreira.

Certa vez, Plop chegou inesperadamente e encontrou a Escrava com a cara entre as pernas da Guerreira.

Sua cabeça se movia ritmicamente. A boca escondida bem no meio de sua virilha.

A Guerreira, com um sorriso, respirava forte ao ritmo da cabeça da Escrava. Plop achava que no rosto dela não fosse possível tanto prazer.

Demorou para entender o que estavam fazendo. Primeiro, se horrorizou. Mas depois percebeu que esse tabu era do seu Grupo e que a Guerreira não tinha por que compartilhá-lo.

Esperou pacientemente que terminassem. Quando a mulherona o viu, o cumprimentou.

Ele lhe perguntou se era bom. Ela lhe disse que não acreditava que nunca tivesse provado.

Fez um sinal para a Escrava e esta, sem levantar o olhar, se ajoelhou entre as pernas de Plop.

Ele gostou, gostou muito.

No caminho de volta para o Assentamento, pensou que, desde que ninguém soubesse, poderia repeti-lo.

O tabu era uma coisa estúpida.

● SILÊNCI●

Ninguém falava com ele no Assentamento. Acostumou-se a ir ao depósito e ter longas sessões com a Escrava e conversas com a Guerreira.

Era uma maneira de dizer, pois ela apenas emitia grunhidos.

No entanto, aprendeu a entendê-los. Plop falava sozinho, analisava o que tinha feito e o que pensava em fazer. Raciocinava em voz alta sobre suas "medidas de governo", como gostava de chamá-las.

Ela o olhava fixamente enquanto brincava com uma faca. Dependendo de como ela reagia, Plop se sentia afirmado ou rejeitado em suas ações.

Uma vez, ela lançou a faca violentamente. Passou a um palmo de sua cabeça e foi parar em um poste ao fundo.

Foi a única vez que sentiu que estava fazendo algo errado. Modificou o que planejava.

Mas ninguém no Assentamento falava com ele. Só quando ele lhes dirigia a palavra.

Quando queriam lhe dizer algo, se posicionavam perto e o olhavam fixamente, até que ele os questionava:

— O que você quer?

Só então, temerosos, diziam o que tinham a dizer. Mesmo quando ele usava alguém, o outro assumia uma atitude passiva e silenciosa. Deixou de fazer sexo com gente do Grupo. Fazia apenas com a boca da Escrava.

Em uma excursão de caça, encontraram outro Assentamento. Pequeno, mas bem abastecido. Não mataram as mulheres porque naquele momento havia poucas no Grupo.

Levaram as mais jovens. Apenas duas escaparam; as demais entenderam que não havia lugar melhor para ir.

Uma delas se aproximou de Plop na segunda noite. Ele deixou porque gostou dela. Tinha quadris largos.

Era óbvio que já tinham lhe explicado os tabus, porque ela manteve a boca bem fechada. Mas começou a brincar com as mãos.

Quando o deixou bem excitado, subiu em cima dele. Estava morna e úmida.

Plop quis se mexer. Ela o impediu, colocando-lhe as mãos nos ombros. A última coisa que notou foi que lá perto estava a Tini, olhando divertida. O resto foi uma tempestade que durou até o orgasmo.

Acostumou-se com a recém-chegada. Quase não usava mais ninguém. Exceto em suas sessões clandestinas no depósito.

Com o passar dos dias, notou que o resto dos membros do Grupo tratava a recém-chegada com deferência.

Uma vez, ela tentou falar com ele sobre um problema em sua Brigada. Ele a calou com um soco na boca.

Uma tarde, voltou do depósito mais cedo do que de costume. Encontrou a recém-chegada sentada entre suas colegas. Levavam-lhe comida e penteavam seu cabelo.

A chamavam de "rainha".

Plop apareceu pelas suas costas. Todas menos ela fugiram aterrorizadas.

Ela se virou e o viu. Sua mandíbula começou a tremer e seus olhos soltaram lágrimas.

— Desculpa, desculpa — gaguejava.

— Não quero te ver mais.

Ela balançou a cabeça para cima e para baixo, retrocedeu sem deixar de olhar para Plop. Ninguém a viu novamente.

Ficou sozinho mais uma vez. Era melhor assim.

DE JOELHOS

Chegou o dia da Festa do Vale Tudo. Ao redor de Plop, estava sua gente. Todos bastante bêbados.

Quando foi dado o sinal de começar, um deles se ajoelhou na frente de Plop, lhe ofereceu seu facão e lhe apresentou sua garganta.

Os demais se entreolharam e fizeram o mesmo.

Plop percebeu que eles esperavam que ele abrisse o pescoço de algum deles. Escolheu seu favorito.

Vomitou e foi para o depósito. Fez com que a Escrava o chupasse. E adormeceu.

OS PORCOS

Precisavam de comida. Sempre precisavam, mas agora era pior.

As pessoas estavam mal-humoradas. Surgiam brigas sem motivo. Plop decidiu convocar uma Assembleia. Disse que tinham que conseguir mais porcos.

Que para viver melhor e não passar mais fome, eram necessários mais porcos.

Todos se voltaram a fim de olhar para o "porco velho": o único que cuidava deles.

Dormia com eles. Vivia com eles. Fazia sexo com eles.

— Ele vai morrer — disse Plop. — E é o único que sabe como cuidar deles. Ele tem que ensinar para alguém — concluiu.

O velho observava como se não estivessem falando dele. Plop percorreu a Assembleia com o olhar. Viu a Tini e seu filho, que lhe segurava as pernas.

O menino tinha doze solstícios. Plop apontou para ele.

— Vai viver com o velho. E aprender.

O menino caminhou lentamente, cruzando o círculo de pessoas. O velho o pegou pelo ombro e o deixou ao seu lado.

Uma lua depois, pela manhã, ouviram gritos.

Os que chegaram primeiro encontraram o menino nu e apunhalado.

O velho, com uma faca e respingado de sangue. Os testículos do menino na mão esquerda.

— Para que aprenda e obedeça melhor — disse.

A Tini chegou correndo ao mesmo tempo que Plop. Olhou para o filho. Olhou para Plop. Não disse nada.

Virou-se e saiu caminhando do Assentamento. Não voltou.

● URSO JOGA

Plop olhava para o Urso. O Urso, concentrado, não o notava.
Estava de frente para sua Idiota. Cobria seu rostinho com uma das mãos e dizia:
— Não tá. Onde tá? Tá aqui!
A Idiota gargalhava, o Urso também.
A Idiota dizia:
— Outa vê — e o Urso reiniciava o jogo.
Depois, o Urso cobria os próprios olhos e era a Idiota quem dizia:
— Onde tá? Tá aqui! Outa vê!
Podiam passar muito tempo assim.
E Plop os observava.

A GUERREIRA

Plop estava sentado em frente à fogueira. Sozinho. Ninguém se aproximava muito dele. De vez em quando, um dos seus jogava uma lenha.

Estava bêbado. Muito bêbado. As chamas o deixavam tonto, mas não parava de encará-las. Via figuras, rostos. Murmurava, ninguém lhe prestava atenção, falava com o fogo:

— Sempre foi diferente. Não falava. Nunca falava. Nunca mais do que três palavras juntas.

"Só lutava. Me ensinou a lutar, ensinou a Seita a lutar.

"Também nunca ria. Quando tinha a Escrava entre as pernas, apenas fazia uma careta que parecia um sorriso.

"A Guerreira também me ensinou isso, a ter a Escrava entre as pernas, a usar a boca da Escrava.

"Tinha tudo. Tinha comida. Tinha sexo. Não tinha frio, não tinha fome. Tinha tudo.

"E estava sozinha. Ela gostava assim. Não suportava os demais. A Escrava, sim. A Escrava não falava. Dava-lhe comida, a lavava. E a chupava. Depois desaparecia. Estava lá, mas era como se não estivesse. Ficava de cócoras, olhando para ela. Não se movia a menos que fosse chamada.

"Eu gostava da Guerreira.

"Eu a conhecia. Não estava certo. Estava errado."

Da última vez, ele tinha trazido álcool para ela. Tinha lhe perguntado. Tinha lhe perguntado o que ela queria.

— Eu cumpri. É sua vez de cumprir — respondeu com sua voz metálica.

Como sempre, a Escrava observava tudo do canto.

Plop lembrava do pacto. Não queria cumpri-lo e disse isso a ela.

— Você tem que cumprir — repetiu ela.

Colocou a faca no chão, entre os dois. Plop a pegou. Ela não se mexeu. Não girou a cabeça nem quando ele ficou atrás dela. Nem mesmo quando Plop lhe cortou o pescoço.

O sangue jorrou e respingou em seu braço e peito. No rosto, tinha ficado uma careta.

— Não consegui encontrar a Escrava. Voltei para o Assentamento. Ela não está. Agora a Guerreira não está.

Vê-lo coberto de sangue não chamava a atenção de ninguém. Estavam acostumados.

Adormeceu sentado em frente ao fogo.

● TRONO

Dois do Grupo estavam brigando. Rapidamente, se formou um público ao redor, com bandos torcendo para um lado e para o outro.

Quando Plop se aproximou, a briga parou e os competidores começaram a falar ao mesmo tempo.

Escutou um de cada vez. Olhou para um deles e disse:

— Não.

O outro pulou de alegria, e o perdedor se afastou arrasado.

Três mulheres se aproximaram. Murmuraram um problema de comida, roupa, turnos de Voluntários.

Plop decidiu. Elas acataram.

Naquela noite, dormiu com um sorriso.

Vários dias depois, a cena se repetiu. Plop percebeu que tinha de aproveitá-la.

Com seus seguidores, construiu um assento de ferros velhos amarrados e forrado com trapos.

O colocou em uma plataforma. Para ver melhor, disse. A cada mudança de lua, se sentava ali para realizar suas "audiências de justiça", como decidiu chamá-las.

Também se acostumou a usá-lo durante cerimônias e festas.

De vez em quando, aparecia um conflito maior. Em um deles, se enfureceu e executou o réu com uma facada, sem descer do trono.

Com o passar das luas, em torno do trono foi se formando uma mancha marrom, de sangue.

⬤S B⬤CA PARA CIMA

Tinham saído para caçar. Sem rumo definido. Mais para sair do Assentamento do que para procurar comida. Mesmo que sempre faltasse.

Não encontraram nada importante. Quando voltavam, passaram por um Lugar de Escambo e trocaram o pouco que tinham conseguido por álcool.

Sentaram-se e beberam. Plop principalmente. Estavam muito bêbados.

Caminharam sem rumo definido. Lama, arbustos, lixo. Era madrugada.

Plop dava gritos buscando com quem brigar. O resto ria. Depararam-se com o Assentamento dos Boca Para Cima.

Era um grupo estranho, que ninguém atacava.

De fato, quando um grupo cruzava com eles, sempre havia um que deixava seu grupo e se juntava aos Boca Para Cima.

Os chamavam assim porque se deitavam de costas no chão, com a boca aberta.

E ficavam ali jogados até se afogarem com a chuva.

Geralmente, o recém-chegado fracassava na primeira vez. Mas permanecia no grupo até conseguir.

Se alguém morria, o deixavam lá. Quando se acumulavam vários mortos, se afastavam um pouco.

Era possível identificar onde estavam os Boca Para Cima de longe, por causa das nuvens de moscas.

Plop entrou gritando no grupo com a faca na mão. Os poucos que não estavam deitados se viraram para olhar para ele.

— Vocês querem morrer, filhos da puta? Morram!

E começou a esfaquear os que encontrava. Sentados ou deitados. O resto dos seus começou a fazer o mesmo.

Nenhum Boca Para Cima resistiu.

Quando chegaram ao Assentamento, estavam cobertos de sangue. De alguma forma, todos já sabiam o que tinha acontecido.

Ninguém disse nada. Ninguém olhou para eles.

FIM DO DEPÓSITO

Plop estava ocupado. Nunca tinha pensado que o Comissário tivesse tanta coisa para fazer. Os secretários lhe perguntavam idiotices. As ninharias o distraíam o tempo todo.

Quase não ia ao depósito.

Além disso, desde que estava vazio, não tinha vontade de ir. Instruiu alguns membros da Seita para que reconhecessem as latas. Eles lhes deram nomes: Muitas Cores, Redondos e amarelos ou Carne, simplesmente.

Uma vez, o acordaram no meio da noite.

— Está pegando fogo, está pegando fogo, está pegando fogo — disseram em seu ouvido, agitados.

Somente uma coisa poderia causar tal agitação: o depósito. Levantou-se de um salto. Deu ordens sem levantar a voz:

— Toda a Seita para o depósito.

Correu. De longe, ele podia ver a incandescência e percebeu que seu erro era grande, muito grande.

Impossível se aproximar da entrada. Todo o piso de placas de ferro era uma única superfície quente. Algumas partes tinham uma cor de vermelho brilhante.

Atrás, começaram a reunir-se pessoas: primeiro os da Seita, depois o resto do Grupo.

Estes últimos olhavam sem entender. Plop não se virava, mas sabia o que estava acontecendo.

Conversavam entre si, faziam perguntas uns aos outros, tentavam extrair informação dos outros.

Os da Seita estavam desconcertados. Não sabiam o que responder.

Virou-se repentinamente. As bocas se fecharam, mas o barulho era feito pelas chamas, pelas latas que explodiam, pelas paredes que desabavam.

— Uma fila na minha frente — gritou. A Seita se formou, olhando para ele.

Empunhou a faca, ficou na fila de frente para o resto do Grupo.

Então a fila se virou e empunhou as facas também. Plop avançou lentamente. A fila o seguiu. O resto recuava.

Cinquenta passos. Deteve-se. Gritou três nomes.

— Fiquem de vigia. Ninguém se aproxima.

E de novo percebeu que era um erro. Que tudo o que estava fazendo era um erro. Que não poderia manter guarda para sempre. Que não poderia manter o Grupo afastado, que o depósito era grande demais e que, mais cedo ou mais tarde, alguém entraria.

Continuou obstinado em seu erro.

Não foi possível descer até quase uma lua depois. Durante esse tempo, manteve a Seita isolada do resto. Todos os olhavam. Plop não entendia se o faziam por curiosidade ou por ódio. Provavelmente era uma mistura de ambos.

Foi pouco o que pôde salvar. Não fazia sentido continuar escondendo-o.

Chegou com cinco dos seus e retirou os restos que valiam a pena. Fez uma pilha no local onde dormia. Deixou dois homens de guarda.

As pessoas se reuniram ao redor. Entre elas, estava a que era sua mulher.

— Queremos ver as latas — gritou ela.

Ele levantou o braço para bater nela. Ela o confrontou.

— Já sou velha, bate sem medo.

Abaixou o braço. Com um gesto, ordenou que a guarda se retirasse.

As pessoas pareciam uma matilha sobre um cadáver. Levaram tudo. Até os trapos que usava para se cobrir à noite.

●S C●STUMES

Plop observou que os costumes estavam mudando: era raro que alguém usasse outra pessoa à força.
Viu isso em um Karibom. Quando havia resistência, o pretendente ia embora e procurava outra pessoa. Mesmo com os do Serviços ou Voluntários Dois.
Isso era ruim. Muito ruim. Enfraquecia o Grupo. Perdia-se o conceito de força, do poder do mais forte.
Passou vários dias pensando no problema, até que percebeu que o responsável pela mudança era ele.
Ele era o Comissário-Geral. Ele era o Chefe da Seita. Ele tinha o poder de vida e morte.
E ele não usava ninguém à força. No caso dos da Seita, porque assim tinha proposto. O resto, porque não precisava: o tempo todo recebia propostas da melhor parte do Grupo.
Em geral, não tinha vontade.
Decidiu fazer mudanças.
Pouco tempo depois, houve uma Assembleia, e Plop ordenou juntá-la com os ritos de iniciação das brigadas.
Escolheram os nomes. Plop presidia calado do seu trono. Não propôs nada, não disse nada.

Observou os novos, um por um. Eram jovens, magros e sujos.

Antes que começasse a iniciação, Plop se levantou. Todos olharam para ele. Ele apontou para uma menina, a mais gordinha.

Um de seus integrantes lhe trouxe um pote de sebo; outro aproximou a menina.

Plop a jogou de bruços no trono, espalhou a gordura entre suas pernas e a usou por trás.

Embora a garota gritasse, como tinha o rosto contra o trono, não dava para ver sua língua e ninguém se preocupou.

Quando terminou, Plop se espantou ao ver que muita gente tinha virado as costas para ele.

BATALHA

Durante duas luas, chegaram refugiados. Vinham aterrorizados. Muitos feridos. Alguns mutilados.

Todos contavam uma história parecida: ataque de um grupo, homens e mulheres, ferozes, sanguinários.

Não preparavam nada. Simplesmente avançavam e atacavam todo mundo que encontravam, poucos ou muitos, organizados ou não. E os matavam.

Plop calculou que ainda tinham alguns dias. Dobrou os guardas. Começou a treinar o Grupo inteiro. Requisitou todas as facas e as escondeu.

Os velhos e os meninos fabricavam flechas.

Plop enviou dois membros da Seita para investigar. Apenas um voltou. Disse que, em comparação com o Grupo, não eram muitos. Mas todos lutavam. Não tinham pequenos nem velhos. Alguns eram muito jovens, outros grandes, mas todos iam igualmente para o combate.

Não recolhiam seus feridos. Viu uma mulher grávida lutando junto com os demais. Como não viu crias, pensou que eram sacrificadas quando nasciam. E estavam prestes a chegar.

Plop se assustou. Tirou os facões e facas escondidos e os distribuiu. Ninguém perguntou de onde tinham saído.

Ele colocou guardas bem longe, que, antes de morrer, só precisavam bater com um ferro.

Chegaram.

Plop os deixou avançar até a Praça, onde a maior parte do Grupo os aguardava formando um quadrado fechado. Antes que chegassem à luta corpo a corpo, fez com que os arqueiros atacassem pelos flancos. Assim, conseguiu que passassem furiosamente sobre os primeiros mortos e se dividissem para os lados. Naquele momento, a Seita surpreendeu os atacantes por trás.

Ganharam. Houve muitos mortos. Dos atacantes, apenas um permaneceu vivo, que quis ficar no Grupo. Eles permitiram.

Plop subiu em seu trono. Deu um discurso no qual enfatizou a coragem de todos e, especialmente, da Seita.

Muitos se foram antes que ele terminasse de falar. Plop fingiu que era por causa do cansaço.

ESQUISITO

Os vigias haviam visto uma movimentação de pessoas perto do Assentamento.

Plop decidiu ir ver. Levou dois membros da Seita junto.

Passou por onde os Esquisitos dormiam e disse ao Esquisito que o seguisse com a besta. Ele obedeceu.

Foram na direção indicada pelo guarda. Em silêncio.

Eram seis. Iam sem se esconder, quatro deles estavam bem armados. Os outros dois eram escravos, um macho velho e uma fêmea grávida. Pendurada em uma vara, levavam uma grande bexiga de burro cheia de líquido.

Plop soube o que estava acontecendo. Eram de um Lugar de Escambo e transportavam álcool. Muito. Por isso tanta vigilância. Convencidos de sua força, iam tranquilos.

Plop olhou para o Esquisito. Sabia que ele não matava a sangue frio. Estendeu a mão e o Esquisito lhe entregou a besta. Plop passou o arco para um dos membros da Seita.

Em um instante, os quatro guardas armados estavam no chão. Um com uma flecha cravada no peito, outro em um olho, o terceiro no estômago e o quarto no ombro. Isso era um problema: se escapasse, as represálias seriam muito graves.

Antes que ele se levantasse, Plop correu, pisou em sua cabeça e lhe enfiou a faca na garganta.

Os escravos olhavam aterrorizados.

Plop deu instruções:

— O velho não serve. Partam-lhe o crânio de uma vez. A grávida, para o que quiserem.

Os dois da Seita a colocaram de quatro e a usaram. Sua enorme barriga balançava com os empurrões. Ela gozava. Não tinha o tabu do Grupo. Ofegava. Gemia com a boca aberta e a língua para fora.

Plop estava excitado. Esquisito tinha percebido, os outros não. Quando terminaram com a grávida, cortaram sua garganta. Por mostrar a língua. Tiraram seu feto para os porcos.

Esquisito apenas observava, sem participar.

Organizaram-se para o retorno. Queimaram os corpos. Enquanto a Seita levava o álcool, Esquisito e Plop ficavam de guarda.

Plop estava eufórico.

Alguns dias antes, a batalha; agora, o álcool. Disse que ia fazer uma festa, que faria mudanças no Grupo.

Propôs ao Esquisito ser Subcomissário. Esquisito o olhou, não respondeu. Continuou andando.

Plop disse a si mesmo que teria de matá-lo.

ÁLCOOL

Plop planejou a festa para o entardecer. Tinha tudo calculado. Tinha que conseguir que fossem felizes, que o seguissem.

Começou a beber cedo. Várias vezes, pensou que deveria parar, mas não o fez. Quando a luz começou a diminuir, convocou a festa. Os da Seita se reuniram todos na Praça. Distribuíram álcool, a quantidade que quisessem. Alguns estavam felizes. Havia comida.

Plop não aguentava mais, queria que chegasse a hora de anunciar o motivo da festa. Tinha medo de apressar demais. Estava bêbado. As pessoas não.

Decidiu não esperar mais. Ficou de pé em seu trono e proclamou:

— Este é o tributo do Grupo à velha Goro. Recentemente, ganhamos em batalha. Hoje temos álcool. O Grupo precisa de mudanças. O Grupo precisa do conhecimento da velha Goro. E eu vou dar-lhe esse saber.

Tirou o envelope de couro que tinha pendurado em seu pescoço. Ele tirou os papéis da velha senhora. Olhou em volta. Não encontrou os rostos atentos que esperava.

— Vou ler.

Contou suas respirações. Um, dois, três, quatro, cinco.

— Vou ler.

Conversaram, formavam-se grupos.

Começou a ler com dificuldade. Com a língua travada.

— *Há dez ou quinze bilhões de anos, o Universo estava cheio, embora não houvesse galáxias nem estrelas nem átomos.*

Ninguém o ouvia. As pessoas começaram a bater o ritmo e a dançar.

Ele lia. O ignoravam.

Jogou os papéis no chão, na lama.

Percebeu que deveria pegar o facão e sair para cortar, para matar.

Mas não tinha vontade.

A GUERRILHEIRA

Duas ou três vezes por lua, Plop ia em uma expedição com alguns da Seita. Às vezes, encontravam gente e arranjavam facas ou um pouco de roupa. Outras, caçavam.

Plop fazia isso para escapar do tédio do Assentamento. Mas quase sempre seguia o mesmo caminho.

Aquela vez, eram cinco. Ficaram de guarda quando viram à sua frente uma figura sentada no chão, os encarando.

Aproximaram-se devagar. A figura estava imóvel. Quando se aproximaram mais, perceberam que era um deles, alguém da Seita.

Tinha a parte de trás da cabeça destruída. Para que se mantivesse sentado, tinham colocado uma vara que lhe atravessava a nuca. A vara estava travada com uma grande pedra, manchada de sangue.

Do seu pescoço pendia algo: os testículos.

Pouco depois, um dos guardas da manhã atraiu o resto gritando. Ao ir assumir seu turno, tinha encontrado o guarda da noite morto: exatamente igual ao outro, sentado, castrado. Em vez de uma pedra na cabeça, desta vez foi uma faca nas costas. Também era do seleto grupo de Plop.

Plop se preocupou. Os da Seita lutavam muito bem.

O terceiro tinha uma flecha num olho. Isto era mais grave: ninguém fora do Grupo usava arcos e flechas.

Dobrou os guardas. Instruiu seus capangas que nunca andassem sozinhos.

Na sequência, foram dois os corpos sentados, um apoiado nas costas do outro. Desta vez, tinham colocado os testículos na boca.

Plop decretou que ninguém saísse do Assentamento sem a sua autorização e sem ser acompanhado por alguém da Seita.

A gritaria de protesto foi instantânea. A ordem limitava as possibilidades dos mais fracos conseguirem comida. A ordem significava mais fome.

Plop fez um sinal e toda a Seita sacou facas e facões. Silêncio.

Dois dias depois, numa zona de arbustos espinhosos, atacaram com flechas um grupo de cinco. Um caiu e o restante teve tempo de se esconder. Quando correram em direção ao atacante, não encontraram ninguém.

Plop começou a preparar armadilhas. Enviava um sozinho, com dois que o seguiam de longe. Não aconteceu nada.

Caiu por acaso.

Um dos seus seguia um cão de caça tentando caçá-lo. Fazia o mínimo de barulho possível. Pensou tê-lo visto debaixo de uns ferros deformados.

Disparou a flecha, sem esperança, e ouviu que um corpo caía.

Correu.

No último momento, do local da queda, saiu uma flecha que lhe roçou o rosto. Apertou o passo antes que o outro tivesse tempo de puxar o arco de novo.

Parou sobre o inimigo caído, que o olhava com ódio.

Era a Tini.

● DUELO

Amarraram a Tini em um poste no meio da Praça.

O Grupo inteiro estava lá. Plop andava em círculos. Não sabia o que fazer e não queria que percebessem isso.

Começou um murmúrio surdo que podia ser ouvido na Praça inteira. Tinha que tomar uma decisão.

De repente, parou. O silêncio reinou. Lentamente, percorreu com o olhar o círculo de pessoas ao redor do poste.

Viu o Urso, que carregava sua Idiota. Apontou o dedo para ele, em silêncio.

Sem saber do que se tratava, o Urso atravessou a Praça, não na direção de Plop, mas na do filho castrado da Tini, descarregou sua Idiota e a entregou a ele. Pela primeira vez, a Idiota não gritou quando foi tocada por alguém que não era nem o Urso nem a Tini.

Só então caminhou em direção a Plop, que o olhou nos olhos, bem de perto.

Sem desviar os olhares, Plop disse:

— Duelo.

O murmúrio voltou de repente. Fazia muitos solstícios que não ocorria um duelo. Alguns nem sequer tinham visto algum. Todos os conheciam pelas histórias dos mais velhos.

A surpresa ainda não havia se depositado no chão quando a Seita já estava preparando a Tini e o Urso.

Desamarraram a Tini e, com a mesma corda, amarraram seu pulso esquerdo ao do Urso.

Nas mãos direitas, colocaram facas.

Os afastaram do poste, para que não pudessem usá-lo como escudo.

A Tini e o Urso, amarrados pela mão esquerda, com as facas na direita, e Plop, que respirava como se lhe faltasse ar, eram os únicos que se mexiam.

O resto do Grupo parecia congelado.

Plop retomou seu passeio circular, agora os dois eram o centro. Isso pareceu ser o sinal para que todos começassem a falar ao mesmo tempo.

Discutiam estratégias e apostavam: roupa, comida, até mesmo uma faca. Alguns, a maioria, viam vantagem no Urso, que, por ter maior tamanho e peso, poderia, deveria arrastar a Tini para o chão e estrangulá-la.

Outros diziam que a Tini, que sempre foi rápida e inteligente, poderia se antecipar e aproveitar o fato de ser muito mais baixa para atacar a barriga e os testículos do Urso.

Todos opinavam. Todos se excitavam com o sangue iminente.

Plop gritou: o silêncio se instalou novamente.

Levantou o braço. Todos souberam que, quando ele o abaixasse, começaria a luta. Tinham que estar atentos, pois duraria apenas alguns instantes.

— Já! — Plop gritou e abaixou o braço como um trovão.

A Tini deu um salto para trás e para baixo, com a faca girando em busca da virilha do Urso.

Este permaneceu imóvel, mesmo quando levou um golpe na lateral.

A Tini parou de uma vez.

Entendeu.

Ficou de frente para o Urso, bem perto, a boca mal chegava à metade do peito dele.

Ficaram imóveis, um de frente para o outro. Tranquilos.

A Tini levantou o olhar, o Urso o baixou e se olharam, sem nenhuma expressão em seus rostos.

Plop começou a gritar. Caminhava ao redor deles e gritava. Eles permaneceram impávidos.

Percebeu que os berros não serviam para nada e se calou.

A única coisa que se ouvia era o balbucio choroso da Idiota.

Plop tinha dor de garganta de tanto vociferar.

Chamou um da Seita. Ninguém se mexeu.

Correu com os braços e as pernas em desordem, tirou o facão de um dos seus, voltou para o centro.

Decapitou a Tini primeiro. O Urso caiu somente após a segunda tentativa.

Todo mundo se retirou, amargo. Ninguém reivindicou sua aposta.

SEXO

Não estava satisfeito. Havia um tempo que fazia sexo todos os dias e várias vezes ao dia. E não estava satisfeito.

Acordava com uma ereção tão forte que doía.

Tinha se acostumado a dormir com alguém para usá-lo de manhã.

Mas sempre trocava de pessoa quase todo dia.

Começou a se formar um grupo que o rodeava para dormir com ele. Perto dele comiam melhor.

Uma manhã, seu acompanhante, em vez de se deixar usar, o masturbou. Gostou um pouco mais.

Então percebeu. Sentia saudade da boca da Escrava.

A QUEDA

Não restavam muitos na Seita. Vários tinham sido assassinados pela Tini, alguns tinham morrido em lutas e ataques. E Plop já tinha parado de recrutar. Também não tinha quem os treinasse.

A encontraram quase morta. Um dos seus estava na partida e a reconheceu. Pouco antes que a degolassem.

Iam levá-la como comida para os porcos.

— É do Plop. É a Escrava — disse o que a identificou.

E com isso os deteve. Ainda lhes inspirava medo e respeito.

Praticamente a jogaram aos seus pés. O Grupo já não gostava que Plop fizesse coisas sobre as quais eles não sabiam nada.

Ele cuidou dela. Quando não conseguia ficar acordado, deixava alguém vigiando-a.

Requisitou toda a comida que precisava para ela. Até tirou agasalho de outros para cobri-la. Ninguém ousou se opor.

Poucos dias depois, ela começou a andar, com dificuldade. Não falava com ninguém.

Plop estava impaciente para vê-la recuperar suas forças.

Chegou o dia da Festa.

Desde a manhã, Plop bebeu muito. Ultimamente, sempre bebia muito.

Assim que a Festa começou, comeu cogumelos. Ele podia, era o Comissário.

E bebia. E comia cogumelos.

Faltava pouco para o Vale Tudo. Plop não aguentou mais. Mandou trazer a Escrava.

Sentou-se no trono. Todos o olharam. Ele não via ninguém.

Ela chegou, apoiada no ombro de quem a trazia.

Plop a ajoelhou em frente ao trono, entre suas pernas. Ela começou a chupar.

EPÍLOGO

Quando acordou, seus pulsos e tornozelos doíam. Mas não queria se mexer.

Começou a relembrar da sensação na glande, da umidade quente que percorria todo o caminho até a base.

Quis virar. Não conseguiu. Abriu os olhos.

Estava deitado de costas, estacado.

Tentou olhar ao redor. Só chegou a ver cadáveres: os membros da Seita.

Chovia como sempre.

Às vezes, adormecia com a boca aberta e era acordado pela água enchendo sua garganta.

Os bichos o percorriam. Ao seu redor, tudo era lama.

Quando começaram a cavar o poço ao seu lado, o fim, este fim, ficou claro para ele.

Riu. Desde que tinha nascido tudo era lama.

Riu outra vez.

As mulheres pariam de cócoras na lama. Todos, o grupo tudo, todas as pessoas, todos os grupos. Viviam na lama, morriam na lama.

Ele era o gênio da vida na lama, o artista da sobrevivência na lama.

Era Plop. Seu nome passaria a significar *O que nasce na lama, o que vive na lama, o que morre na lama.*

Continuava sendo Plop. Logo deixaria de sê-lo.

Às vezes, as pás dos que escavavam caíam sobre ele.

Estava coberto de lama. A lama que estava lá. E continuaria estando.

Porque nunca houve nada além de lama. Sempre havia chovido. Sempre havia feito frio. Nunca existiu um depósito, uma Escrava, um Urso, uma Tini, uma Esquisitinha. Nunca uma velha Goro.

Nunca existiu outra coisa além de lama.

Apenas figuras cobertas de lama, como ele.

O descem com uma corda amarrada em um pé. No meio do caminho o soltam.

Cai na lama.

Faz plop.

TIPOGRAFIA:
Heavitas (título)
Untitled Serif (texto)

PAPEL:
Cartão LD 250g/m2 (capa)
Pólen Soft LD 80g/m (miolo)